좋아하는 걸 좋아하는 게 취미

좋아하는 게 취미
좋아하는 걸 좋아하는

행복의 ㅎ을 모으는 사람

———————

김신지 글·사진

위즈덤하우스

봄, 여름, 가을, 겨울의 단 하루

회사 건물에는 12층까지 사무실이 있고, 한 층 더 올라가면 옥상이 있다. 옥상이 열려 있어요? 처음 출근한 날 궁금증에 물어봤다가 그렇다는 대답을 듣고 올라가봤다.

아…….

처음 보는 풍경이었다. 차들이 오가는 사거리 너머 창경궁의 전경과 그 뒤로 창덕궁 후원을 이루고 있는 무성한 나무들, 저 멀리 북한산의 구불구불한 능선이 한눈에 펼쳐졌다. 창경궁을 안 가본 건 아니었지만, 이렇게 높은 데서 내려다보는 건 처음이었다. 그 뒤로 친구들이 옮긴 회사는 괜찮아? 물으면 답하곤 했다. 우리 회사 최고의 복지는 궁 뷰야. 일하다가 고개를 돌리면 궁이 있어. 그건 농담이 아니었다. 옥상에서 바라본 그 풍경은 이직한 후 내가 가장 먼저 좋아하게 된 것이기도 했다. 종종 올라와야지. 도심에선 쉬이 보기 힘든, 눈 닿는 가장 먼 데까지 트여 있는 풍경을 바라보며 생각했다.

하지만 이런 다짐이 늘 그렇듯 막상 실천하긴 어려웠다. 첫날 이후로 좀처럼 옥상에 올라갈 짬이 나지 않았다. 입사한 지 두 달쯤 지났을 때였을까. 함박눈이 펑펑 내렸다. 눈이 내리자 일순간 사무실의 공기가 달라졌다. 가만 일하던 사람들이 웅성거리며 창가로 모여들었다. 여태까지 내가 등지고 앉아 있던 것이 그저 스산한 겨울의 풍경이라고만 생각했는데, 눈이 내리자 창경궁은 완전히 다른 풍경을 보여주었다. 빈 나뭇가지마다, 지붕마다 눈이 소복이 쌓여 꼭 겨울에 그린 산수화 같았다.

옥상에 올라가야겠다.

첫날 이후 두 달이 지나서야 그런 생각을 했다. 옥상 문을 열고 퍼붓는 눈 속으로 걸음을 옮기자, 창가에 서서 보던 것과는 또 다른 풍경이 펼쳐졌다. 슬리퍼를 신은 발이 꽁꽁 시려오는 것도 잊고서 지금이 아니면 놓칠세라 눈 내리는 궁의 풍경을 찍는 동안 생각했다. 벚꽃이 흐드러지게 핀 봄의 풍경을, 신록이 우거진 여름의 풍경을, 단풍이 물든 가을의 풍경을 모두 찍어 간직해두고 싶다고. 그렇게 창경궁의 사계절을 모아보면 정말 근사하겠다고. 궁을 바로 곁에 두고서, 심지어 등만 돌리면 볼 수 있는 자리에 앉아 있으면서 그런 걸 찍어두지 않는 건 뭔가 인생을 낭비하는 일 같았다.

그래서 겨울이 지나고 차례로 봄과 여름과 가을이 왔을 때, 실제로 한 계절이 가장 무르익었다고 생각되는 날 나는 옥상에 올라가 사진을 찍었다……고 하면 의지력이 대단한 사람이겠지. 물론 나는 그런 사람이 아니다. 시간이란 대체 왜 그 모양인 걸까? 짧은 봄은 거의 없는 거나 마찬가지였다. 막상 여름이 시작될 무렵 반팔을 꺼내 입고 나서야 맞다, 봄 사진! 하고 외쳤고, 여름 사진은 놓치지 말아야지, 되뇐 것이 무색하게 가을이 오고 단풍이 시작될 무렵에야 앗, 여름 사진! 하고 깨달았다. 그러는 사이 시간은 속절없이 흘러가버렸다.

결국 계절이 한 바퀴 돌아 또다시 겨울이 오고 말았다. 벚꽃도, 신록도, 단풍도 없이 빈 가지만 남은 스산한 궁의 모습을 내려다보며 생각했다. 1년에 딱 3장의 사진이면 되는 거였는데……. 봄에 한 번, 여름에 한 번, 가을에 한 번. 딱 하루만, 1~2분만 시간을 내면 되는 일이 왜 그토록 힘들었을까.

1년이 사계절로 이루어진 것은 어쩌면 우리에게 알려주기 위해서일까. 너무 쉽게 지나가는 시간들. 다음에, 나중에, 하는 사이 바뀌어 있는 계절들. 그러니까 봄은 봄인 줄 알고, 여름은 여름인 줄 알고, 좋은 시간을 보내두라고. 왜냐하면 그 계절은, 지금도 쉼 없이 가고 있기 때문에.

그리하여 이어지는 사진들은 결국 2년에 걸쳐 찍은 궁의 사계절이다.

빈 가지에 새잎이 돋고 드문드문 벚꽃이 피어나던 봄의 풍경

구름이 짙푸른 숲 위로 더 짙은 그림자를 드리우던 여름의 풍경

점심시간엔 산책을 가야겠다, 자주 생각하게 만들던 가을의 풍경

처음 이 모든 사진을 찍게 만들었던, 눈 내린 겨울의 풍경

한 계절의 가장 근사한 순간을 찍고 싶다 해서, 그 순간이 거기 멈춰 나를 기다려주진 않았다. 그걸 알아채고 만나러 가야 하는 건 나였다. 멈추지도, 기다려주지도 않는 시간 앞에서 그렇다면 내가 하고 싶은 일은 하나였다. 좋아하는 것을 좋아하는 일. 좋아하는 궁의 모습을 찍어두고, 좋아하는 골목길을 자주 걷고, 좋아하는 한강에 가서 좋아하는 맥주를 마시며 좋아하는 노을을 보고 싶었다. 모아둘 수 있도록 그 순간의 성실한 기록자가 되고 싶었다. 내가 아니면 아무도 기억해주지 않을 한 번뿐인 순간들이 매일 사라지고 있었으므로.

그렇게 시작한 수집은 별것 아닌 듯해도 조금씩 일상을 바꾸었다. 아무렇게나 오가던 일상에, 남들은 모르는 무용한 기쁨을 모으는 주머니가 하나 생긴 기분. 기억하고 싶은 것은 주워 담고, 어떤 것은 그냥 둔다. 그런 식으로 일상이 쌓이는 게 좋았다. 하나의 계절을, 내가 사는 이곳을 비로소 '겪고' 있다는 기분도 들었다.

순간을 모아두려는 것은 인생의 사소한 구석까지 들여다보려는 일과 다르지 않았다. 내가 이런 순간에 머무르려는 사람이구나, 이렇게 보내는 시간을 좋아하는구나. 알고 나면, 앞으로 나를 좀 더 자주 그런 순간으로 데려가고 싶어지기도 했다.

행복은 자신이 원하는 것을 갖는 데 있는 게 아니라, 자신이 가진 것을 원하는 데 있다고 말해준 건 누구였더라. 무엇보다 이런 순간들을 수집하면서, 나는 차츰 내가 가진 것을 원할 줄 아는 사람이 되었다. 내게 없는 것을 가지려 애쓰는 대신, 내가 가진 순간을 다시 한 번 더 원하는 사람. 무언가를 이뤄야 한다거나 행복해져야 한다는 강박에서 벗어나, 삶을 그저 산책할 수 있게 되었다.

나의 매일에 작은 기쁨들이 숨어 있다는 것. 삶에는 아직 우리가 발견할 구석이 많다는 것. 그런 생각이 들 때면 꼭 한참 앓고 난 뒤처럼 좀 더 잘 살고 싶어졌다. 누구도 아닌 나를 위해서. 긴 인생이 아니라 지금 이 순간을.

그것이 '순간 수집'이라 홀로 이름 붙였던 취미의 시작.

더 나은 답을 찾기 전까진 이 수집을 멈추지 않을 것 같다.

Contents

창가에서 혹은 동네 골목길에서, 잠깐 고개를 들거나 돌리는 것만으로 생각보다 많은 식물들을 만날 수 있다. 동네 친구, 동네 밥집이 있는 것처럼 나는 그것을 동네 식물이라 부른다.

▌꽃에 물을 주는 이와 친구가 되는 일

내 방 창가에서 해가 기우는 쪽으로 고개를 조금만 돌리면 옆집 옥상이 그대로 보인다. 눈높이보다 조금 낮은 정도. 5층 빌라 꼭대기 층이라 가끔 갑갑한 기분이 들다가도, 창 너머 푸른 잎들이 무성히 드리운 옥상을 바라볼 때면 바람을 쐬듯 기분이 시원해지곤 했다. 옆집 할머니는 더러 분홍색 수건을 젖은 머리에 돌돌 만 채로 나와 이름을 다 알 수 없는 나무와 꽃들에 물을 주곤 했다. 호스로 물을 주는 옆모습이 어찌나 청량해 보이는지, 그런 아침엔 내 기분이 다 맑아졌다. 할머니의 정원을 매일같이 훔쳐보는 게 아무래도 좀 수상해 보일 것 같아 창문을 열고 반갑게 인사해본 적은 없지만, 그 옥상을 바라보는 것만으로 어쩐지 그녀를 알고 지내는 기분이 들기도 했다. 간혹 친구들이 집에 놀러 오면 창가로 데려와 내 마당이라도 되는 양 그 옥상을 보여주곤 했다. 며칠 전부터는 접시꽃이 환하게 폈지, 저건 수세미란 거야, 그런 식으로.

시골에서 자란 내게 도시 생활은 이러니저러니 해도 삭막해서, 두어 달에 한 번쯤 바다나 산이나 들판을 보고 와야 숨이 좀 편히 쉬어지는 기분이다. 그래서 그마저도 하지 못할 땐, 마음에 물을 주듯 꽃이나 나무나 화분을 바라보는 일이 필요한지도 모르겠다. 언제부턴가 골목을 산책할 때면 식물을 찾는 일이 습관이 됐다. 그러자 깨진 보도블록 틈에도 싹을 틔우듯, 이 도시 곳곳에 얼마나 많은 식물들이 자라고 있는지도 알게 되었다.

엇비슷한 다세대주택들이 다닥다닥 붙어선 골목에선 집집마다 창가에 내놓은 화분들이 어떻게 다른지 살피기도 하고, 옥상 바깥으로 삐죽 가지를 내놓은 나무가 무엇인지 궁금해 고개를 치켜들고 눈을 가늘게 뜨기도 한다. 담장 너머로 뻗어 나온 감나무나 대추나무를 볼 때면 이 집 마당에서 언제부터 자라 이렇게 큰 것일까 궁금해지고, 유난히 화분이 많은 집을 지나칠 때면 혼자서 괜히 반가워지기도 한다. 대문 안쪽에 사는 낯모르는 이를 알지도 못하면서, 마음이 열리는 기분이다. 개와 함께 산책하는 이들이 어렵지 않게 서로 말을 건네듯, 저 나무와 꽃들의 이름을 묻는 것만으로 잠시 친구가 될 수도 있을 것 같다.

실제로 대문 앞에 내놓은 화분을 바라보고 있으면, 집 주인들이 경계심 없이 다가와 말을 걸기도 했다. 묻지 않은 꽃의 이름을 먼저 알려주기도 하고, 분갈이하다 떼어낸 작은 뿌리를 나눠주기도 한다. 엊그제 마주친 할아버지도 그랬다. 슈퍼에 갔다가 평소 잘 다니지 않던 골목으로 들어섰는데, 막다른 골목 안쪽에 화분이 가득 모여 있는 게 보였다. 호기심에 가까이 걸음을 옮겼다. 빌라와 빌라 사이 빈 공간이 온통 화분이었다. 아침나절 누군가 물을 뿌린 듯 싱그러워 보이는 잎사귀들 옆으로 조그만 차 테이블과 의자도 놓여 있었다. 이 자리에서 티타임을 즐기는 이가 누구일지 저절로 궁금해지는 풍경이었다. 한참을 구경하고 섰는데 고개를 갸웃거리며 할아버지 한 분이 다가오셨다.

"어디서 오셨는가?"

"아…… 지나다가 화분이 예뻐서요."

몰래 훔쳐보다 들킨 사람처럼 서둘러 대답하자, 할아버지는 이내 경계를 풀고 손짓을 하셨다. "사진을 찍을라믄 이걸 찍어야제." 벽돌색 건물을 타고 오르는 덩굴을 기특하다는 눈빛을 담고서 가리키신다. "요놈들이 아직은 퍼렇지만, 좀 있으면 열매가 빨갛게 익어서 장관이여. 그때 와서 더 많이 찍어가." 그렇잖아도 궁금했던 터라 덩굴나무의 이름을 묻자, "이름은 모르지만 기가 막힌 놈이다" 하고 당당하게 소개하신다. 언제부터 이곳에다 화분을 키우기 시작하신 걸까, 호스로 물을 듬뿍 뿌려주고 저 조그만 테이블에 앉아 있을 때의 기분이란 어떤 것일까, 궁금한 것은 많지만 더 묻지 않는다. 할아버지 말대로 다음에

다시 보러 오고 싶어 나는 몇 번째 골목의 어떤 집인지 몇 번씩 돌아보며 기억해둔다.

▌무수한 초록 점들이 별처럼 박힌 도시에서

그러다 보니 아래층에 누가 사는지는 몰라도, 아래층 창가에 어떤 식물이 사는지는 알게 되었다. 그건 사실 이웃을 알고 지내는 것과 다르지 않은 기분이다. 누군가 물을 주고 볕을 쪼이며 보살피는 화분이 있는 곳엔, 사람이 부재할 때도 어떤 인기척이 남아 있기 때문이다. 창가의 식물들은 상상하게 만든다. 이것을 돌보는 이를. 자신만의 규칙으로 움직이고 있을 어떤 손길을.

우리 동네엔 그밖에도 매일 마주치는 더 많은 동네 식물들이 있다. 바로 앞집 빌라엔 봄부터 가을까지, 그러니까 한겨울을 제외하곤 늘 키 큰 화분들이 현관까지 쭉 열을 맞춰 서서 눈길을 끈다(도대체 이 나무들이 실내 어디에서 무사히 겨울을 나고 이토록 싱싱하게 봄을 맞는 건지 궁금할 때가 많다). 저 빌라 사람들은 매일 식물의 터널을 통과해 집으로 들어가는 기분이겠구나 싶어 부러워지기도 한다. 계절 따라 꽃을 피우고 열매를 맺는 그 화분들 덕분에 삭막한 골목 안쪽에 생기가 더해졌다.

점심 무렵이면 손님으로 꽉 차는 백반집 화단에는 쌈 채소로 쓰이는 상추나 치커리 같은 것들이 무럭무럭 자란다. 동네에 이렇게 자급자족되는 채소들이 많다는 것도 산책을 하면서 처음 알게 된 사실이다. 그렇게 걷다 보면 인적 없는 곳에서 저희들끼리 무성하게 자라난 식물들도 발견하게 된다. 빈집의 대문 너머나 빌라 뒤편의 버려진 화단 같은 곳에서. 사실 내겐 그 무질서한 풍경이 더 반갑기도 했다. 지천에서 꽃과 풀이 마구 자라던 어린 시절의 들판이 떠올라서일지도.

우리가 보는 지도엔 근린공원이나 숲처럼 비교적 넓은 녹지대만 표시되지만, 좀 더 확대해보면 이처럼 동네마다 무수한 초록 점들이 별처럼 박혀 있는 셈이다. 누군가는 그걸 바라보는 게 무슨 의미이고 재미냐 물을지 모르겠다. 하기야 내가 바라보거나 말거나, 이름이나 안부를 궁금해하거나 말거나 식물들은 저대로 잘 자라며 자신의 시간을 산다. 하지만 동네 식물들의 존재를 하나둘 알게 되고 나서, 신기하게도 내게는 이곳이 좀 더 살 만한 도시가 되었다.

매일은 새로운 하루니까, 오늘이 시들지 않도록

동네 식물에 대한 이야기를 하다 보면, 스페인 코르도바의 '꽃의 거리Calleja de las Flores'가 떠오른다. 코르도바에서는 봄이면 새

하얀 건물의 외벽과 광장, 집집의 창가마다 화분이 내걸린다. 사람 두 명이 겨우 지나갈 만큼 좁은 골목길 양쪽 벽면에 화분이 무수히 내걸려 있는 풍경이라니. 여행자들은 이 도시에 들른 것이 행운이라는 듯 들뜬 눈빛으로 골목 이편과 저편을 오갔고, 산책 나온 연인들은 허리를 꼭 끌어안고 서 있곤 했다. 그럴 수밖에 없는 길이었다. 크고 작은 화분이 뭉게구름처럼 머리 위에 떠 있는 이 거리에 온다면, 누구라도 마음이 들떠 걷지 않을까.

코르도바에서 만날 수 있는 또 하나의 이색적인 풍경은 파티오patio였다. 스페인이나 남미의 건축 양식에서 흔히 볼 수 있는 파티오는 하늘이 트여 있는 건물 내의 안뜰이다. 나중에야 알게 된 사실이지만, 한여름이면 40도까지 달아오르는 기후 탓에 파티오는 중세 스페인 사람들의 휴식처로 중요하게 여겨졌다고 한다. 뜨거운 여름이 오면 가장 자주 또 오래 머무는 곳이니, 집 안에 작은 숲을 두는 기분으로 파티오를 꾸민 것이리라. 특히 매년 5월 열흘 정도 열리는 '파티오 축제' 기간에는 집집마다 1년 동안 가꾼 비밀의 화원을 공개하고 여행자의 방문을 기꺼이 환영한다.

그 같은 배경을 미처 모르고서 도착한 여행자의 눈에, 집 안팎을 공들여 가꾸는 코르도바 사람들의 손길은 그저 감탄스러웠다. 그들은 마치 꽃에게 그러하듯 매일의 일상을 정성껏 돌볼 것 같았다. 오늘 하루를 시들게 두지 않으려는 사람들. 물을 주고 마른 잎을 떼어내며 오늘을 돌보는 사람들. 집 안에 하늘을 들이고 꽃밭을 가꾸는 마음이라면, 내가 모르는 삶에 대한 어떤 대답을 알고 있을 것도 같았다. 그 답을 들으려, 그 시절 나는 발 아프도록 골목골목을 돌아다녔는지도 모르겠다.

지금은 안다. 사실은 '꽃의 거리'까지 가지 않아도 있다는 걸. 매일 물을 주고 잡초를 뽑으며 일상을 가꾸는 사람들이. 옛날 주택 대문 위의 좁다란 화단에 삐죽삐죽 자라는 대파를 심어둔 아주머니, 스티로폼 박스에서 키워낸 방울토마토 세 그루가 자랑인 아저씨, 고무 대야 속에 흙을 퍼 담고 알뿌리 토실한 난을 심어둔 할머니들……. 꽃이든 대파든 저토록 싱싱하게 키우는 이들이 내겐 진짜 생활의 달인 같다.

자신의 인생을 소중히 여기는 사람이라면,

마땅히 오늘을 돌볼 것이다.

하루가 모여 결국 평생이 되므로.

화초를 키워보면 안다. 화분에 꼬박꼬박 물을 주면서도, 막상 그 식물이 잘 크고 있는지 아닌지 관심 없기란 얼마나 쉬운지. 뜨거운 햇볕에 이파리가 검게 타들어가는데도, 과습으로 줄기 아랫부분이 무르고 있는데도 때에 맞춰 물만 주는 것을 '화분을 돌본다'고 말할 순 없다. 그럴 때 식물은 쉬이 죽고, 그제야 내가 시들게 한 게 무엇인지 알게 된다.

그러니 식물을 가꾸는 게 일상을 가꾸는 것과 다르다고 할 수 있을까. 밥 먹고 일하고 자는 생활을 영위한다 해서 잘 살고 있다 말할 수는 없다. 그건 때로 내 상태가 어떤지 살피지도 않으면서 꾸역꾸역 물을 주는 것과 다름없을 때가 있으므로.

서른을 지나면서 나는 진짜 '잘' 사는 것에 관심이 생겼다. 내게는 그것이 무엇을 뜻할까, 자주 생각한다. 그래서 틈틈이 내 마음의 안색을 살피고, 화초를 돌보듯 일상을 들여다본다. 시든 데 없나 먼지 쌓인 생활 구석구석을 닦아내고, 밖에서 사 먹는 대신 시골집에서 부쳐준 재료들로 직접 지은 밥을 먹고, 계절에 한 번씩은 답답해하는 나를 데리고서 마음을 환기할 수 있는 곳에 간다. 그리고 다시 돌아와, 베란다에서 나의 부재를 기다려준 화초들을 돌본다. 나에게 필요한 게 무엇인지 스스로에게 관심을 두게 되면, 고단한 삶에도 살아 있는 뭔가를 보살피며 살아갈 여유를 가지면, 일상은 쉬이 시들지 않는다. 그것을 식물들에게서 배웠다.

잘 지내냐고, 괜찮으냐고,
오늘도 생활의 안부를 묻는 것은
곁에 있는 말 없는 화분들이다.

빨래는 낯선 곳에서 살아가는 이들의 삶을 상상하게 만드는 동시에, 내가 떠나온 삶을 떠올리게 했다. 어쩌면 내가 살아볼 수도 있는 새로운 삶, 그러나 결국은 돌아가서 살게 될 익숙한 삶을.

┃ 한 번도 만난 적 없는 당신의 삶을 상상하는 일

빨래 사진을 이렇게 많이 찍었구나, 깨달은 건 1년여의 긴 여행에서 돌아온 뒤였다. 아마 처음부터는 아니었을 것이다. 출발의 설렘과 긴장이 휘발된 뒤에, 금방 돌아갈 여행이 아니었으므로 마음이 차츰 느긋해진 뒤에, 낯선 도시나 마을에 도착해 이곳에서 한동안 살아볼 사람처럼 짐을 부리게 된 뒤에, 그러나 언젠가 떠나야 한다는 생각으로 그곳에 아주 마음을 다 주지는 못하고 있을 때, 그 풍경은 다가왔을 것이다.

빨래는 낯선 곳에서 살아가는 이들의 삶을 상상하게 만드는 동시에, 내가 떠나온 삶을 떠올리게 했다. 어쩌면 내가 살아볼 수도 있는 새로운 삶, 그러나 결국은 돌아가서 살게 될 익숙한 삶을. 그럴 때면 내가 그리워하는 것이 어떤 쪽인지 알 수 없었다. 한 번도 살아본 적 없는 삶인지, 여태껏 내가 살아온 삶인지.

그걸 모르는 채로 매번 내 것이 아닌 일상을 향해 카메라를 들던 순간의 나는, 아마도 조금 외로웠던 것 같다.

좁은 골목길의, 낡은 아파트 창가의, 지붕 위의 빨래는 많은 것을 짐작하게 했다. 손바닥만 한 아기 옷들이 올망졸망 매달린 빨랫줄을 볼 때면 생각했다. 저 집엔 아기가 있구나, 밤이면 열린 창의 틈새로 아이의 울음소리가 새어 나오기도 하겠지. 깊은 새벽, 문득 불이 켜지고 커튼 너머로 아이를 어르는 실루엣이 비칠 때도 있을 것이다. 비슷한 색깔의 낡은 작업복들만 널린 집도 있었다. 베란다의 화분들이 시든 구석 없이 싱그러웠다. 매일 규칙적으로 일어나고 잠들며 화초처럼 자신의 일상을 돌보는 사내가 혼자 살고 있을 것 같았다.

빨래를 찍는다는 건 내가 모르는 삶을 상상하는 일이기도 했다. 여행이란 참 이상하다. 나의 생활 바깥으로 걸어 나와, 누군가의 생활 바깥에 잠시 서성이다 돌아간다. 그리고 어김없이 바깥에 서서 생활의 안쪽을 들여다보며 그리워한다. 스스로 원해서 걸어 나온, 그 단조롭고 눅눅한 삶의 안쪽을.

어떤 옥상에는 비가 와도 걷지 않는 빨래가 널려 있었다. 빨래는 저 홀로 젖고 마르기를 반복했다. 나는 혼자 머물던 게스트하우스 창가에서 그 옥상을 내려다보며 옷의 주인을 궁금해했다. 마르고 다시 젖기를 반복하는 동안 버석버석해졌을 빨래의 감촉을 떠올리기도 했다. 내내 멈춰 있는 것 같던 그 풍경은,

그곳을 떠나던 날 아침에야 달라져 있었다. 밤새 빨래가 걷히고 없었다. 저 옥상 아래, 여섯 개의 창문 중 어느 창문 안엔가 옷가지의 주인이 살아가고 있을 터였다. 그 사실이 알 수 없는 위안을 주었다.

빨래만 보아도 저녁이면 도란도란 정겹게 둘러앉을 식탁이 떠오르는 집도 있었다. 식구가 몇일지, 그들이 저마다 무슨 일을 할지, 어떤 애칭으로 서로를 부를지 상상하다 보면 그보다 많은 것들이 궁금해졌다. 어떤 일로 울고 웃을까, 누구를 사랑하며 누구를 그리워할까. 깊은 밤, 저 빈 창으로 골목길의 가로등을 내다보며 무슨 생각에 잠길까. 이런 생각들은 알 수 없는 방식으로, 홀로 여행하던 나를 덜 외롭게 했다.

| 어쩌면 이곳에서 다른 삶을 살 수 있지 않을까

긴 여행을 하는 여행자가 빨래를 하게 되는 순간이란 비교적 분명하다. 어느 마을이나 도시에 도착해, 이곳에 생각보다 오래 머물게 될 거란 예감이 들 때. 배낭에 퀴퀴한 옷가지들이 며칠째 들어 있다고 해도 아무 데서나 쉽게 짐을 풀 수 있는 건 아니다. 기차역이나 터미널을 나선 순간 도시의 첫 인상이 좋아서, 혹은 우연히 인연이 닿은 현지인 친구가 생겨서, 모르고 도착했

빨래가 있는 풍경

는데 며칠만 기다리면 마을 축제가 열려서, 그런 이유들로 예정보다 이곳에 오래 머물기를 마음먹고 나서야 비로소 빨랫감을 꺼내게 된다. 얼마가 될지는 모르겠지만, 적어도 빨래가 다 마를 때까지는 이곳을 떠나지 않을 것이다.

그럴 때의 빨래는 즐겁다. 배낭을 뒤집어 모든 옷을 탈탈 털어 물에 담그면, 한동안 펴보지도 않은 채 구겨 넣고 다니던 마음까지 꺼내어 헹구는 것 같다. 처음 배낭에 넣을 때와 달리 색이 다 바랜 티셔츠, 현지 시장에서 산 후 빨래 몇 번에 보풀이 잔뜩 인 원피스, 언제 빤 건지 기억도 나지 않는 청바지, 야간버스에서 덮고 자기를 반복하는 동안 꿉꿉한 냄새가 밴 외투까지 다 욕실로 던진다. 나름 장기 여행자만의 빨래 비법도 있다. 샤워를 하면서 옷가지를 자박자박 밟는 게 힘들이지 않고 때를 빼는 방법이다. 그런 다음, 물이 뚝뚝 떨어지는 빨래를 종종걸음으로 베란다에 가져 나가 넌다. 힘든 일이라도 끝낸 양 숨을 몰아쉬며 바람에 나부끼는 그 동네 다른 집들의 빨래를 굽어보고 있으면, 마치 내가 이곳에서 한번 살아보려는 사람처럼 느껴지곤 했다.

어쩌면, 이런 식으로 살아볼 수 있지 않을까.

그런 생각이 잠시 마음을 스치는 것이다. 아주 진심은 아니지만, 완전히 진심이 아니라고도 할 수 없는 마음. 이런 흔들림은 여행을 하는 동안 예고도 없이 몇 번씩 지나갔다. 결국은 떠날 것을 알기 때문에 여행자는 길 위에서 몇 번이나 머무는 꿈을 꾼다. 이곳에서 생의 남은 모든 아침을 맞는 꿈을. 익숙해진 골목을 향해 난 작은 창을 하나 가지고, 다정하게 눈인사를 건네는 이웃들과 여기서 이대로 살아가도 좋겠지, 하는 순간. 그럴 수 없다는 걸 알기에 더욱 행복하게 그려지는 꿈. 그러나 지금 생각해보면 그런 순간들은 알 수 없는 방식으로, 홀로 여행하던 나를 더 외롭게 했다.

▎우리가 사랑한 것들은 모두 사라질 거야, 그렇지만

한동안 잊고 살던 여행 사진들 속에서 빨래가 있는 풍경들만 골라 정리하는 동안, 언젠가 애인이(그때까지만 해도 우린 친구였지만) 들려준 얘기가 반복해서 떠올랐다. 아홉 살, 혹은 열 살 무렵이었을까. 그맘때 그 애는 학교가 파하면, 부모가 일하러 나가 텅 빈 집에 가방만 던져두고 친한 친구 하나와 그 동네에 사는 모든 친구 집을 찾아다녔다고 했다. 가서 뭘 했는데? 아무것도 안 했어. 그냥 찾아가는 게 전부였어. 어른들이 웬일이냐고 물으면 "물 마시러 왔어요!" 하고 물 한 잔 얻어 마시고서 또 다음 집으로 뛰었어.

나는 아무것도 아닌 그 얘기가 좋아서 몇 번쯤 다시 들려달라고 하기도 했다. 그럴 때 그는 그 동네의 집과 집 사이가 얼마

빨래가 있는 풍경

나 가까웠는지, 골목이 얼마나 좁았는지도 설명해주었는데 이
상하게 그렇게 집들이 엉키듯 붙어 서 있는 동네는 외롭지 않았
을 거란 생각이 들었다. 외로운 아이들과 외로운 어른들이, 제
외로움을 서로에게 내색하지 않은 채로 고단한 하루를 열고 닫
는 동네였을 텐데도. 그리고 상상하곤 했다. 해가 높이 떠 있는
오후부터 저물녘까지 거미줄처럼 이어진 골목길을 뛰어다니던
소년들을. 가쁜 숨으로 더러 갈비뼈 아래가 시큰거리기도 했을
것이다. 아주머니들이 양은그릇에 내어주는 시원한 냉수를 마
시고는 소매로 입을 쓱 닦곤 했겠지. 그리고 다음 집으로 출발.
너희들 웬일이니, 동훈인 학원 가고 없는데. 물 마시러 왔어요!
그 얘기는 꼭 해 지는 풍경처럼 따뜻하고 쓸쓸했다.

　이제 그 거미줄 같은 골목들은 다 사라지고 없다. 비탈에 모
여 있던 키 낮은 집들을 모두 밀어낸 자리에 아파트들이 높이
솟았다. 그곳에서 보낸 그 애의 어린 시절도 그렇게 영영 묻혀
버렸다. 나중에 우리가 오누이 같은 연인이 되고, 그 동네 건너
편 어딘가의 언덕에 오르게 되었을 때 그 애는 먼 풍경에 손가
락을 짚으며 일러주었다. 저쯤이 어떤 골목이었고, 저기 보이
는 데가 누구누구네 집이었는지. 들어도 전혀 짐작할 수 없었지
만, 그 애가 자란 동네를 먼발치에서 바라보고 있다는 사실만으
로 그 저녁이 좋았다. 이제 그에게 어린 시절 동네를 찾아가 걸
어볼 수 있는 기회 같은 건 사라지고 없다. 기억 속에서만 짚어

갈 수 있는 더 이상 존재하지 않는 골목, 더 이상 존재하지 않는 집들. 이렇게 말하면 좀 슬픈 이야기 같지만, 나는 그때 오히려 사라지지 않는 것에 대해 생각했다. 사라졌지만 사라지지 않은 것. 기억함으로써 존재하는 것들에 대해.

아무것도 아닌 일상은 빨래처럼 나부낀다. 젖은 옷가지를 널고, 햇볕에 바짝 마른 옷가지를 걷고, 그것을 다시 꺼내 입듯이 매일은 반복해서 이어진다. 생각해보면 여행을 떠나 내가 그리워했던 것은 결국 아무것도 아닌 평범한 날들이었다. 여행에서 돌아와 반복해서 그리워하는 순간들도 결국은, 아무것도 아니었던 평범한 날들. 그렇게 생각하면 기억해야 할 것이 무엇인지는 더욱 분명해진다.

그러니 더 열심히 기억해야 해. 혼잣말처럼 내가 말했을 때 그 애는 나를 돌아보았지만 다시 묻는 대신 난간을 짚고 선 내 손을 풀어 잡았다. 사라져버린 동네를 왼편에 두고서 언덕을 내려오는 동안 나는 기억하기로 한다. 마주 잡은 손바닥에서 촘촘히 배어나는 땀. 멀리서 차례로 눈 뜨듯 불 켜지는 가로등. 내리막길을 내려오는 동안 샌들 위에서 계속 앞으로 미끄러지던 발. 몇 번째 계단에서였던가, 샌들에서 기어이 빠져나와 바닥을 짚고 만, 어딘가 머쓱해하는 듯한 내 발가락들을 보며 우리는 웃음을 터뜨렸다. 칼발이어서 그래, 그만 웃어. 해 질 녘의 시원한 바람이 웃느라 숙인 등을 쓰다듬었다.

　　우리가 사랑한 것들은 언젠가 모두 사라질 것이다. 그렇지만, 그런 순간에 나는 다행이라고밖에 말할 수 없었다. 기억할 수 있으니 그것으로 되었다고. 그 언덕에도 빨래는 나부끼고 있었다. 어제도 그랬고, 오늘도 그랬으며, 내일도 그럴 것처럼.

꽃말처럼 '자릿말'이란 게 있다면 테라스의 자릿말은 이런 게 아닐까. 지금 여기가 제일 좋은 순간. 현재를 그렇게 바라볼 수만 있다면 우리에게 다른 자리는, 더 많은 것은 필요 없을 것이다.

▌오늘을 충분히 사는 게 낭만이야

봄의 어느 날, 화보 촬영을 하러 간 스튜디오에서 3층 테라스로
나갔다가 깜짝 놀랐다. 아래층 카페 뒷마당에 벚나무 몇 그루
가 있었는데, 우리가 서 있는 자리에서는 만개한 벚나무의 커
다랗게 부푼 정수리가 환히 내려다보였다. 뜻밖의 풍경에 모두
잠시 촬영을 잊고 그 모습을 바라보았다. 평일 한낮에 일에 묶
여 있지 않아도 되는 행운의 손님 몇몇이 그 아래 앉아 커피를
마시고 있었다.

　"밖에 앉아 있기 정말 좋은 날씨네요."
　누군가 한숨을 쉬듯 말했을 때 모두가 고개를 끄덕였다. 겨우
내 입었던 두꺼운 외투를 벗고 오늘은 날이 좋네, 하며 바깥에
앉을 수 있는 날씨. 잎사귀 틈새로 비치는 햇살을 올려다보며,

나무 그림자를 따라 조금씩 의자를 옮기며 앉아 있어도 좋은 날씨. 바야흐로 테라스의 계절이 시작된 것이다.

테라스의 계절은 생각보다 짧아서 봄에서 여름으로 건너가는 시기에 한 번, 여름에서 가을로 건너가는 시기에 한 번, 두 번뿐이다. 한여름엔 너무 덥고 습해 피하게 되고, 가을엔 바람이 서늘해졌네 싶으면 금세 겨울이 되어버리므로. 늘 반가워한 것보다 그 시간은 짧게 지나가버린다. 이런 식으로 '가능한 현재'에 대해 생각하다 보면 의외로 하고 싶은 일들, 그래서 지금 당장 해야 할 일들의 목록이 쉽게 추려진다. 그럴 때 단순해지는 마음이 좋다. 가능하다면 그런 식으로 가지런한 목록을 지닌 채 살고 싶다.

무엇보다 내가 좋아하는 것은, 새로 가게 된 카페의 테라스 자리에 앉아 "여기가 제일 명당이네" 말하는 순간. 만개한 벚나무 바로 옆에 앉을 수 있는 2층 테라스 자리나, 마당의 차양 아래 앉아 골목길을 내다볼 수 있는 자리, 낮맥을 한 모금 마시고 고개를 들면 놀이터를 뛰어다니는 아이들이 내려다보이는 자리 같은 곳. 때문에 마음에 쏙 드는 테라스 자리를 차지한 날은 어쩐지 하루의 운을 다 끌어다 쓴 기분이 들기도 한다.

좀처럼 일어나고 싶지 않은 심정으로 오후가 다 가도록 그 자리에서 시간을 보내고 있으면 곰곰 생각하게 된다. "여기가 제일 명당이네" 말하는 순간에 대해. 드물다면 드물고, 자주라면 자주인, 어쨌든 행운이라고 해야 할 그런 순간.

꽃말처럼 자릿말이란 게 있다면 테라스의 자릿말은 이런 게
아닐까. 지금 여기가 제일 좋은 순간. 현재를 그렇게 바라볼 수
있다면 우리에게 다른 자리는, 더 많은 것은 필요 없을 것이다.

▌어디서든 행복의 ㅎ을 모으는 사람

여행지에서 숙소를 고르는 나의 기준은 두 가지다. 테라스가 있
을 것. 이왕이면 나무가 보일 것. 그럼 매일 아침이 조금 더 행복
해지기 때문이다. 그래서 숙소를 정할 때 비슷한 조건, 비슷한
가격이라면 'with balcony' 옵션이 붙은 방을 고른다. 어디에 가
더라도, 거기 앉아 보내는 온전하고 조용한 시간이 좋다.

치앙마이에 머물 때는 모든 숙소가 그랬다. 테라스가 있는 방
밖으로 커다란 나무들이 보여 좋았다. 거기, 해가 저문 뒤 맥주
한 캔을 들고 앉거나 이른 아침 혼자 일어나 커피 한 잔을 내려
서 앉아 있으면 더없이 평화로운 기분이 들곤 했다.

처음 머물렀던 숙소의 테라스에서는 길 건너 사원에 둥지를
짓고 있는 까치가 이쪽 건물 지붕 위로 날아와 마른 나뭇가지를
부지런히 주워 모으는 모습을 볼 수 있었다. 지붕 위에 쌓인 낙
엽 사이를 헤집으며 심사숙고 끝에 어렵게 고른 나뭇가지를 물

어가고는 했는데 그 신중함에 한참을 지켜보게 됐다.

　다음으로 옮긴 숙소는 차도 옆에 있어 조금 더 소란스러웠지만 키 큰 나무가 5층 창가 바로 앞까지 뻗어 있어 좋았다. 나뭇가지 사이로는 늦은 밤 하루 장사를 끝낸 아저씨가 노점을 치우는 모습이나 새벽녘부터 골목을 비질하는 아주머니의 바지런한 모습을 내려다볼 수 있었다. 그래서일까. 여행지에선 정말 많은 일들이 일어나지만, 그 도시의 인상은 종종 숙소 테라스에서 보낸 시간으로 남을 때가 있다. 부지런히 걸어 지나친 것이 아닌, 가만히 앉아 바라본 풍경이 마음에 더 오래 맺혀 있기 때문일까.

　테라스 있는 숙소가 여행의 만족도를 올린다는 몹시 중요한 사실을 알게 된 후로, 여행 준비를 할 때면 나 자신에게 부지런히 그런 숙소를 물어다준다. 둥지에 쓰일 나뭇가지를 신중하게 모으던 까치처럼. 여기 좀 봐, 이런 풍경이 내다보이는 테라스가 있어. 외곽에 있고 방도 좁은 편이지만, 여기 앉아 있으면 분명 행복해질 거야. 내가 나의 가이드가 되어준 여행에선 틀림없이 행복해졌다. 그런 것도 행복이라 부를 수 있다면. 너무 작은 행복이니 어쩌면 ㅎ이라 불러야 할까?

　멀리 가지 않아도, 나는 이제 내가 좋아할 게 분명한 순간들을 매달 하나씩 물어다 놓는다. 그런 순간을 눈치채고 준비해두는 건 모름지기 훌륭한 가이드의 일. 테라스 다음으로 좋은 건 역시 옥상이니까 다음 달엔 창덕궁 야경이 보인다는 루프탑 바에 가봐야지, 5월엔 침대 바로 아래 바다를 향해 난 창이 있는 서해의 숙소에 가야지(에어비앤비 사이트에서 보았다), 6월엔 더 더워지기 전에 수목원 산책도 가야지, 생각한 뒤엔 미리 날을 정해 동그랗게 시간을 비워두고 예약도 해둔다. 그러고선 막상 잊어버려 그즈음이 되었을 땐 이렇게 즐거울 일이 있었다니! 하며 남이 준 깜짝 선물처럼 기뻐한 적도 있지만.

그건 마치 건빵 봉지 속에서 별사탕을 꺼냈을 때의 기분 같은 것. 삶은 대체로 퍽퍽한 건빵 같은 일상이 이어지지만, 그 속엔 또한 별사탕 같은 순간들이 숨어 있다. 그러니 실망 말고 손가락을 잘 더듬어서 별사탕을 찾아낼 것. 비록 건빵 건빵 건빵 건빵 다음에 목 메일 때쯤 별사탕이더라도, 그렇게 맛본 행복을 잘 기억해둘 것. 그게 행복의 ㅎ 정도는 알게 된 사람이 ㅎ을 늘려가는 방법이기도 하니까.

▎좋은 순간을 살면 좋은 삶을 살게 될 테니까

종묘를 마주 바라보고 왼편 담벼락을 따라 난 길을 '서순라길'이라 부른다. 지난 봄, 그 담벼락 옆에 새로 생긴 수제 맥줏집을 알게 된 후 한눈에 반해 두어 달 사이에 좋아하는 사람들을 데리고 다섯 번은 갔던 것 같다. 무엇보다 그 집의 가장 큰 매력은 창문을 위로 접어 활짝 열고서 돌담길을 향해 앉을 수 있는 탁 트인 자리에 있다. 엄밀히 말해 테라스 자리는 아니지만 테라스 의 정취가 가득하므로 내 마음대로 테라스 자리라 부른다.

처음 들렀을 땐 저녁 약속이 있어 한 시간 정도밖에 앉아 있 지 못했는데, 여긴 꼭 다시 와야 돼! 하는 조급한 마음으로 그 다 음 주에 당장 맥주 친구를 호출했다. 엄청난 곳을 발견했어! 자 주 반복되는 나의 설레발에 쉽게 속지 않는 친구도 테라스 자리 에 앉아서 찍은 돌담 사진을 보내자 바로 약속 시간을 잡았다.

그리하여 우리는 어느 날씨 좋은 토요일 오후에 종묘 앞에서 만나, 반주를 기울이는 할아버지들 틈을 지나 맥줏집에 당도했 다. 행여 내가 좋아하는 명당자리를 놓칠세라 오픈 시간인 4시 에 맞추어 갔기 때문에 다행히 돌담을 향해 앉을 수 있었다. 감 탄하는 친구의 반응에 흐뭇해하며 맥주를 시켰다. 오늘은 정말 적당히 마시는 거야! 다짐도 하며.

쌉싸래한 맥주 한 모금을 마시고 고개를 들자, 기와를 머리에 인 돌담 위로 저만치 키 큰 나무들이 바람에 흔들리며 인사를 건네는 게 보였다. 지난주에 본 것보다 더 짙어진 초록. 바람에 나뭇가지가 흔들릴 때마다 돌담에 비친 나무 그림자도 함께 흔 들렸다. 좁다란 골목 위로 떨어지는 햇볕, 손을 잡고 지나가다 이 가게가 궁금한 듯 건너다보는 연인, 어느 집 처마 아래선가 취중 장기를 두는 할아버지들의 실랑이 소리……. 선 산책, 후 맥주가 가져다주던 나른한 즐거움 때문이었을까. 해가 기울수록 사라지는 나무 그림자가 아쉽기 때문이었을까. 이상하게 그게 보였다. 좋은 순간에 좋은 시절이.

오늘도 적당히를 모르게 된 우리는 밤공기가 좋으니까, 내일은 일요일이니까, 하며 다음 잔을 시킬 이유들을 찾아냈고 한 잔을 비울 때마다 조금 더 크게 웃었다. 돌담 아래 가로등에 일제히 불이 들어오는 모습을 목격하기도 했다. 지금 우리에겐 더 없이 중요하지만, 내일 돌이켜보면 잊어버리고 말 이야기들을 한다. 무언가 중요한 이야기를 한 것 같은데, 그게 뭐였더라? 그게 꼭 삶 같다는 생각을 한다. 무언가 중요한 일이 있었던 것 같은데, 그게 뭐였더라?

어쩌면 테라스의 계절이 내게 알려주는 것은 한 문장인지도 모르겠다. 좋은 순간을 살면, 좋은 삶을 살게 된다는 것. 인생은 너무 많은 날들로 이루어져 있어(정확히는 그렇다고 믿기 때문에) 우리는 오늘에 많은 것을 걸지 않는다. 이 멋진 날씨는, 이 좋은 하루는 내일 혹은 모레 그게 아니라도 언젠가 다시 올 것만 같다. 그래서 오늘을 덜 살고 남겨두어도 괜찮을 것 같다. 다른 오늘이 또 있을 테니까. 하지만 만일 삶이 한 달짜리 계절이어도 그런 생각을 할까?

　그러니 테라스의 계절 앞에선 조금 조급한 사람이 되어도 좋겠다. 내일이나 모레면 더 이상 이 자리를 즐길 수 없을지 모르니까. 망설이기엔 아무래도 너무 짧은 계절이니까.

　벚꽃이 제철일 땐 산책을,

　테라스가 제철일 땐 낮맥을.

꽃 같은 현재를 상기시키는 뺨이 환한 꽃들 앞에서, 우리는 함께 있는 이를 마땅히 생각할 일이다. 이제 헤어지면 다시 못 만날 사람처럼. 함께하려면 오직 지금 이 순간뿐인 사람처럼. 이 꽃 아래, 마지막 악수를 나누는 사이처럼.

▌나 혼자 보기 아까운 풍경은 선물하는 거야

봄이 오면 양재천을 걷는다. 천변 양옆으로 늘어선 벚나무가 일제히 꽃을 피워 올리는 광경은 매년 봐도 감탄스러우니까. 그래서 4월이 돌아올 때마다 양재천을 산책하는 일은 매년 나랑 하고 내가 지키는 약속 같은 것. 올봄에는 양재천 근처로 이사 온 친구가 매일 아침 다리를 건너 출근하며 벚꽃 캐스터처럼 개화 소식을 전해주었다.

'아직 꽃봉오리만 올라왔음.'

'아직.'

'아직이야, 침착해.'

'좀 피긴 했는데 만개는 아님.'

'만개인가?'

'만개다!'

'다음 주에 비 온다던데 그럼 끝이야. 주말에 꼭 갈 것!'

캐스터의 지령에 따라 토요일 오후, 서둘러 양재천에 나갔다. 4월 중순인데 기온은 어쩌자고 다시 7도까지 떨어졌는지. 연례 행사로 양재천 산책을 시작한 후 처음으로 겨울 코트를 입어야 했다. 칼바람이 쌩쌩 불어 체감온도는 영하라는데, 벚꽃은 철없이 환하게 만개해 있고, 그 와중에 꽃놀이 기분을 내겠다고 얇은 봄옷을 입고 나온 사람들이 바람이 불 때마다 으악 으악! 거리며 산책을 하고 있었다. 그것도 봄의 정취라면 정취.

어쨌든 주말의 비 한번이면 지고 말 벚꽃을 즐기러 나온 사람들로 산책로는 복작거렸다. 신이 난 개를 데리고 산책하고, 삼각대를 세워놓고 기념사진을 찍고, 아이를 무등 태워 벚꽃을 만져보게 해주고 있었다. 매년 때맞춰 벚꽃을 보러 나오면 좋은 건, 사람들이 모두 기쁜 얼굴을 하고 있어서다. 날씨가 궂은 것도 알고, 나가보면 결국 사람이 많을 줄도 알면서, 어떻게든 시간을 내고 마음을 내어 여기까지 나와 행복한 얼굴을 하고 있어서다. 나 역시 벚꽃 산책자의 의무를 다하기 위해 열심히 사진을 찍었다. 사실 다섯 걸음마다 한 번씩 카메라를 들지 않을 수 없는 풍경이기도 했다. 시골에 있는 엄마에게 꽃 사진을 전송했다. 이 풍경을 무사히 보게 해준 벚꽃 캐스터에게도.

"내가 가지고 있기 아까운 건, 선물해야 하는 거야."

여행지에서 사온 귀한 선물을 매번 아무렇지 않게 나눠 주면서 친구는 이렇게 말하곤 했다. 워낙 욕심 없는 성격이라 그럴 수 있다고만 여겼는데, 벚나무 아래 서보니 알겠다. 여행지에서 다 찍은 필름을 수북이 담아오곤 했던 나도 어쩌면, 혼자 기억하기 아까운 풍경들을 나누고 싶어서가 아니었을까 하고.

한창 피어난 꽃 앞에서 사람들이 카메라를 드는 데 그런 이유가 있지 않을까 생각하면, 사시사철 뜬금없이 꽃 사진을 보내는 엄마의 마음도 이해가 된다. 시골집 마당에 새로 핀 꽃 사진을 보낼 때도 있지만, 그보다 자주 전하는 건 엄마 아빠가 직접 키운 작물들의 개화 소식이다.

'딸. 오이꽃 폈다.'

비닐하우스에서 자라는 오이가 노란 꽃을 피우면 꼭 장미라도 발견한 양 사진을 찍어 보낸다. 처음 보는 오이꽃도 아닌데, 새삼스레. 생각하고 있으면, 생전 처음 보는 꽃도 보낸다.

'아빠가 숨군 브루베리 꽃 폈다.'

동네 사람들하고 섬 여행을 갔다고 해서 '바다 보니까 좋아?' 문자를 보내면 또 꽃으로 응수한다. '홍도엔 수국이 폈네.'

꽃은 그래서 참 꽃답다. 저 홀로 아름답게 피어서, 보는 사람들로 하여금 그 아름다움을 함께 나누고픈 사람들을 떠올리게 만드니.

┃ 우리는 기차역의 플랫폼에 선 여행자들처럼

꽃 같은 시절. 그렇게 말할 때 내가 떠올리는 것은, 프랑수아즈 사강과 장 폴 사르트르의 이야기다. 시력을 잃고 글을 쓰지 못하던 일흔네 살의 사르트르는 마흔네 살의 프랑수아즈 사강과 만난다. 30년의 시차를 두고 같은 날 태어난 두 사람은 그 시간을 메우기라도 하듯 열흘에 한 번씩 만나 끝없는 대화를 나눈다. 죽기 전 함께한 1년이라는 시간을 사르트르가 어떻게 생각했는지는, 사강이 쓴 자전적 에세이를 통해 들을 수 있다.

> 그는 나에게 말했다. 우리의 관계에서 그가 좋아했던 것은 우리가 다른 사람들에 대해, 우리가 공통으로 알고 있는 사람들에 대해 절대로 이야기하지 않은 점이라고. 그는 말했다. "우리는 마치 기차역의 플랫폼에 서 있는 여행자처럼 서로 이야기를 나누었지……."
>
> ─프랑수아즈 사강, 「장 폴 사르트르에게 보내는 사랑의 편지」 중에서,
> 『고통과 환희의 순간들』, 최정수 옮김, 소담출판사, 2009

그들이 보낸 삼백예순 날은 아마 하루하루가 꽃과 같았을 것이다. 아름다워서만이 아니라, 매일 한 장씩 그 꽃잎이 지고 있었으므로. 그러므로 아껴둘 말도, 돌려 말할 진심도, 다른 사람들에 대해 이야기하느라 허비할 시간도 없었을 것이다. 우리는

지금 기차역의 플랫폼에 서 있는 여행자들이다. 내보여야 할 것은 이 순간의 진심밖에, 나 자신에 대한 진짜 이야기밖에 없다. 그럴 때 시간은 야속할 만큼 빠르게 흐르겠으나, 또한 얼마나 깊을까. 그 1년이 어쩌면 그에겐 전 생애 같았으리라고, 수십 년 뒤의 어느 독자는 짐작해보는 것이다.

그러니 꽃 같은 현재를 상기시키는 뺨이 환한 꽃들 앞에서, 우리는 함께 있는 이를 마땅히 생각할 일이다. 이제 헤어지면 다시 못 만날 사람처럼. 함께하려면 지금 이 순간뿐인 사람처럼. 이 꽃 아래, 마지막 악수를 나누는 사이처럼.

이토록 자주 꽃의 시간들을 모아두면서도,
아직 내가 제대로 배우지 못한 것이 그것이듯.

이제 그만 돌아가자는 말 대신

출근 시간에 늦어 서둘러 집을 나선 길, 큰길로 꺾어지는 골목 모퉁이에서 꽃봉오리를 맺은 나무를 보았다. 여름에 이사 와서 가을과 겨울을 보내느라 몰랐는데, 이제 보니 목련이었다. 내 방 창가에서 빤히 내려다보이는 자리였는데도 여태 모르고 지냈던 것이다. 그 후로는 통성명을 나눈 이웃처럼 매일 아침 알은체를 하며 그 곁을 지나갔다. 일주일 동안 꽃봉오리가 조금씩 열리고, 꽃이 피고, 봄비에 젖는 것을 지켜보았다. 봄이 오면 늘 꽃을 보러 어딘가로 가야 한다고만 생각했는데, 올해는 목련을 바라보는 사이 봄이 깊어졌다. 언젠가 밑줄 그어둔 문장처럼, 여기에 있는 봄을 나는 왜 봄이라고 치지 않았을까? (아, 여기에 있는 가을을 나는 왜 가을이라고 치지 않았을까? —박웅현, 『여덟 단어』 중에서)

가까이 있는 봄을 알아본 이후로, 봄이 가는 동안 종종 골목 끝 학교 운동장에 있는 등나무 아래 앉아 있곤 했다. 낮에는 출입이 여의치 않지만, 밤이면 교문 옆의 쪽문을 열어두어 주민들이 운동 삼아 들르곤 하는 곳이었다. 농구 코트를 뛰어다니는 소년들, 슬리퍼 차림으로 나온 청년, 뒤로 걷는 아줌마, 손잡고 나온 중년 부부……. 드문드문 운동장을 돌고 있는 사람들을 따라 걷다가 지칠 때면 축구 골대 뒤편 등나무 아래에 앉곤 했다.

그곳에 앉아 불 밝힌 도심의 건물들을 바라보고 있으면 묘한 기분이 들었다. 큰길에서 들리는 자동차 경적 소리나 술에 취한 사람들의 실랑이 같은 소음에서 떨어져, 이곳만 동그랗게 고요했다. 벤치에 앉아 몇 곡의 노래를 듣거나 혼자 이런저런 생각을 하다 보면 더러 발치에 툭툭, 꽃잎이 떨어지기도 했다. 밤에만 봐서 꽃이 핀 줄도 몰랐는데 그제야 이 나무에 다녀가고 있는 봄이 보이는 기분이었다. 고개를 들면 포도송이 같은 연보라색 꽃들이 어둠 속에서 조용히 빛나고 있었다.

내가 다녔던 학교에도 꼭 이런 등나무가 있었는데. 전국의 학교 운동장엔 약속이라도 한 듯 등나무가 서 있으니, 이 아래에선 얼마나 많은 일들이 일어났을까. 얼마나 많은 고백과 얼마나 많은 다툼과 얼마나 많은 꿈들이, 그럼에도 꺼내놓지 못한 얼마나 많은 마음들이 고여 있을까. 어떤 장소에서든 이런 생각을 하면 그곳에만 고인 시간이 보이는 기분이다.

오래전 함께 걸었던 봄 길이 떠오른 것은 그래서였다. 그때 우리는 낯선 길을 함께 걷고 있었다. 처음 와보는 길이었으므로 서로에게 길을 알려줄 수도 없었다. 이 길이 맞는다거나 저 길로 가보자거나 그런 말은 더더욱. 누군가 우리를 보았다면 잘못든 길이라 했을까? 더 가보았자 이 길 끝엔 아무것도 없다 했을까? 한참을 걷다 보니 문득 아, 우리가 지금 길을 찾으려던 게 아니었지, 하는 생각이 들었다. 다만 함께 걷고 싶어서였지. 다행이라 생각한 순간, 어둠이 조금 밝아졌다. 고개를 드니 등나무 환한 꽃들이 조그만 전구처럼 머리 위를 드리우고 있었다. 그때 꽃은 피고 있었던가, 아니면 지고 있었던가.

그 길을 걸었던 기억은 중간중간 끊겨 있는데, 시간이 지나 그날이 아주 희미해진 뒤에도 종종 생각했다. 그래도 돌아보면 언제나, 너무 멀리 온 것 같으니 이제 그만 돌아가자고 말하는 사람보다 저기까지만 더 가보자고 말하는 사람이 좋았다.

　누군가와 함께 걷는다면, 나 역시 그런 말을 하는 사람이 되고 싶었다. 생각해보면 이 봄의 산책이 다 그런 마음이었다. 봄은 짧으니까. 어떤 순간도 결국엔 과거가 되니까.

　우리, 저기까지만 더 가보자.

바다다! 차창을 내리자 바다 냄새가 훅 끼쳐왔다. 소금기 밴 바람에 머리가 엉망으로 흐트러졌지만 창을 닫지 않았다. 잠시 잊고 살다가도 이럴 때마다 새삼 깨닫는다. 바다를 보러 가는 길은, 언제나 옳다.

▌떠나지 않을 수 없는 날씨가 왔으니까

날씨가 등을 떠미는 계절이다. 못 이기는 척 일어나 바다를 보러 가기로 한다. 겨우내 찌뿌듯해진 마음에 기지개를 켜는 기분으로. 봄 바다니까, 무슨 특별한 일이 생길 것도 같다. 아무 일이 일어나지 않아도 그것대로 좋을 것 같다. 봄, 바다니까. 언제부터인가 심심한 여행이 좋아졌다. 별다른 계획이 없는 여행, 어딘가에 넋 놓고 한참을 앉아 있기도 하는 여행, 아침에 일어나면 텅 비어 있는 하루가 기다리는 여행. 그런 여행은 욕심이 없는 만큼 실망할 거리도 없다.

느지막이 일어나 옷가지와 간식을 챙겨 넣고 서울을 떠나 동쪽으로, 동쪽으로 향했다. 강원도에 이르자 터널을 하나 빠져나올 때마다 눈앞에 설산이 펼쳐졌다. 먹먹해진 귀에 침을 꼴깍꼴깍 삼키면서 아직 녹지 않은 산꼭대기의 눈들을 바라보았다.

뺨에 와 닿는 봄 공기가 이렇게 따뜻한데, 여전히 눈을 볼 수 있다는 사실이 낯설기만 했다. 주말이지만 고속도로 위에는 어쩐 일인지 차도 뜸해서, 마치 이상한 나라의 이상한 계절을 통과하고 있는 기분도 들었다. 봄에 도착하기 위해 우리는 눈 덮인 산 아래 몇 개의 터널을 지나야 했다.

동해가 원래 이렇게 멀었던가. 엉터리 내비게이션의 말만 듣고 고속도로에서 세 번이나 빠져나왔다가 다시 올라가기를 반복했다. 꿈속의 달리기처럼 잡힐 듯 말 듯 바다가 자꾸 멀어지는 기분이었다. 그래서였을까. 차창 밖 나무의 우듬지 사이로 푸른 바다가 빼꼼 나타났을 때, 나도 모르게 소리쳤다.

"바다다!"

차창을 내리자 바다 냄새가 훅 끼쳐왔다. 소금기 밴 바람에 머리가 엉망으로 흐트러졌지만 창을 닫지 않았다. 잠시 잊고 살다가도 이럴 때마다 새삼 깨닫는다. 바다를 보러 가는 길은, 언제나 옳다.

▎매일 이런 풍경을 보는데도 질리는 날이 올까

서울을 떠나 동쪽 바닷가에 터를 잡은 친구 L에게 이틀 전, 전화를 걸었다.

"가면 재워줘?"

졸업하고 만난 게 언제였더라. 해변에서 숙소를 운영하는 L에게 주말에 방을 하나 빼달라고 하는 게 조금 미안하기도 했지만, 오랜만에 친구 찬스를 쓰는 마음으로. 얼굴 본 지 1년도 넘은 주제에, 그것도 이틀 전에 전화해서 물어보기엔 다소 뻔뻔한 질문이었지만, L은 선선히 오라고 했다. 풍경을 보러 가는 여행도 좋지만, 누군가를 만나러 가는 여행도 좋다. 낯선 곳에서 기다려주는 사람이 있으니, 떠나는 사람이 아니라 도착하는 사람이 되는 기분이다.

"걸어오냐?"

주문진에 도착해 마트에서 장을 보고 있는데, L에게서 전화가 걸려왔다. 시계를 보니 2시를 막 넘긴 참이다. 별로 안 반가운 척하더니 내심 기다렸구나 싶어, 무뚝뚝한 타박에 웃음이 샜다. L은 숙소 앞에 마중을 나와 자못 주인다운 자세로 우리를 기다리고 있었다. 스무 살 무렵 촌티와 애티를 벗지 못한 채 같이 술 마시던 친구가 주인이랍시고 이런 곳에 있으니 기분이 이상했다. 오랜만에 봐도 어제 본 듯 어색하지 않은 것만은 여전했지만.

L은 몹시 피곤한데 몹시 심심해 보이는, 묘한 얼굴을 하고 있었다. 과연 저런 것이 비수기의 무료함에 시달리는 숙소 주인의 얼굴인가, 싶기도 했다. 얼굴 벌게져가며 손님들 숯에 불을

피울 때나, 같이 놀려고 1층으로 내려올 때마다 손님인 줄 알고 자리에서 벌떡벌떡 일어날 땐 좀 짠하기도 했지만, '이런 애가 여기 주인이구나' 생각하면 어쩐지 내 인생이 더 짠한 것 같았다(무려 숙소 주인이란 게 되다니, 대단한 청춘이다).

도착해서 좀 쉬려는 참인데, L이 요 근래 이렇게 날씨가 좋은 적이 없었다며 해 지기 전에 근처를 좀 둘러보고 오라고 등을 떠밀었다. 게으른 손님에게 "여기까지 왔는데 그래도……" 운운하며 근처 절경을 읊어대는 게 영락없는 숙소 주인이었다. 하긴 봄이 시작된 후로 모처럼 날씨가 좋아진 날이었다. 숙소 바로 앞 해변에는 산책을 하거나 봄 바다에서 서핑을 즐기는 이들이 흩어져 있었다.

부쩍 어른스러워진 L 다음으로 나를 놀라게 한 건 저 서퍼들이었다. L이 터를 잡지 않았더라면 한 번 올 일이 있었을까 싶을 정도로 작은 이 해변 마을에 꽤나 많은 서퍼들이 모여 있었다. 길을 따라 그들을 위한 민박집이나 카페, 서핑 보드를 주렁주렁 걸어놓은 서핑 숍 등도 하나둘 들어서는 중이었다. 까무룩 낮잠에라도 빠졌다 일어난다면, 동남아 어딘가의 해변이라고 해도 믿을 풍경이었다.

매일 이런 풍경을 보는데도 질리는 날이 올까. 나 같으면 더 신나는 얼굴을 하고 있을 것 같은데, 이 사장님은 왜 안 그러지. 그런 생각을 하며 담배를 피우는 L과 바다로 나가는 서퍼들을

번갈아 바라보았다. 먼 바다에 떠서 파도에 흔들리는 서퍼들이 슬로모션처럼 보였다. 그동안 나만 모르고 있던 영화가 이곳에서 조용히 상영되고 있었던 것 같은 느낌이었다.

▎먼 바다에 동동 떠서 파도를 기다리는 서퍼들처럼

파도 소리에 잠이 깼다. 라고 적고, 그렇게 말할 수 있는 아침이 얼마나 드문가 잠시 생각한다. 바다를 여행으로 찾는 동안엔 아마 내내 그럴 것이다. 커튼을 걷으면 바다가 있을 거라는, 그 단순한 사실이 주는 작은 기쁨. 아침을 먹고 해변을 산책할 수 있다는 것, 오늘 하루는 해변에 내내 앉아 있기만 해도 된다는 것, 이런 사실이 더없이 위안을 주는 날도 있다.

어제 오후에 보았던 바다가 짙은 푸른빛이었다면, 아침의 바다는 눈이 아플 만큼 반짝이고 있었다. 푸르기보다 하얗게 보이는 바다였다. 눈을 가늘게 뜨고 겨우 내다보자, 부지런한 서퍼들이 모래사장에서 준비운동을 하고 있었다.

L의 바로 옆집에 사는 아저씨는 밖에 나와 담배를 태울 때마다 서퍼들을 내다보며 이렇게 말한다고 했다. "지랄이 났네, 지랄이 났어."(평화로운 일상을 외지에서 찾아드는 관광객들이 해치는 게 싫은 모양이라고, L은 짐작했다.) 서울서 왔다는데 직장들은 어떡하고

만날 민박집과 바다만 왕복하는지, 허구한 날 파도 위에서 엎어졌다 일어나는 게 무슨 운동인지, 날씨가 궂어 배 띄우기도 뭐한 날에 "오늘은 파도가 좋다!"며 달려드는 건 또 무슨 심보인지, 아저씨 눈에는 이상하게만 비치는 모양이었다.

아저씨 말대로 서퍼들은 참 열심이었다. 아침이면 서핑 보드를 머리에 얹거나 옆구리에 낀 채로 민박집에서 걸어 나와, 오늘의 바다를 한 번 굽어본다. "헛둘헛둘" 준비운동을 하고, 한 걸음씩 바다에 들어선다. 물이 허벅지까지 차면, 보드에 배를 댄 자세로 엎드려 손으로 노를 저어 더 먼 바다로 나간다. 그리고 파도를 기다린다.

그냥 보내는 파도도 있고 타이밍을 못 잡아 놓치는 파도도 있다. 이윽고 이번이다! 싶은 파도가 밀려오면 이어달리기의 다음 주자처럼 준비 자세. 잽싸게 보드 위에 일어선 다음, 균형을 잡고서 파도를 탄다. 파도가 크거나 균형을 잘 잡으면 꽤 오래 탈 때도 있지만, 대부분 금세 균형을 잃고 물속에 빠지곤 했다. 이곳 파도는 그리 높지 않아 잘 타는 이라 해도 오래 즐기기는 무리인 듯 보였다.

그런데도 다들 참 즐거워 보였다. 보드를 붙잡은 채 먼 바다에 둥둥 떠서 큰 파도를 기다리는 모습이. 잠시 균형을 잡고서 파도를 타는 시간은 4초에서 5초. 그 짧은 순간을 위해 고꾸라지고 다시 일어나길 개의치 않는다. 출발선처럼 먼 바다로 되돌아가는 서퍼들의 몸짓을 바라보며 해변에 앉아 있었다. 그 단조로운 반복이 좋았다.

나처럼 몸을 써서 즐거움을 찾는 데 서툰 이들은, 그런 즐거움을 만끽하는 이들을 바라보는 것만으로도 좋을 때가 있다. 직접 해보면 물론 더 좋겠지만, '나도 언젠가는……' 하며 바라보는 것에도 나름의 즐거움이 있다. 바다 위에서 아직 오지 않은 파도를 기다리고 있는 서퍼들처럼, 내가 모르는 미지의 즐거움이 멀리서 밀려오는 기분이 든다.

옆집 아저씨에겐 '지랄'로 보일지 몰라도, 웬 사서 고생인가 싶을지 몰라도, 가만 보면 그들은 모두 자기 나름의 서핑을 즐기고 있었다. 이번 파도에 올라타는 것보다 더 중요한 일은 세상에 없다는 듯, 자기 자신과 파도에만 몰두하는 일. 그걸 보고 있으면 실은 아저씨도 그들이 너무 즐거워 보여서, 그 즐거움의 정체를 알 수가 없어서 샘이 났던 게 아닐까 싶어지기도 했다.

봄의 해변에는 그렇게 자신을 즐겁게 하는 무언가를 찾아낸 이들이 머물고 있었다. 바다에 동동 떠 있는 서퍼들도, 갯바위에서 낚시에 빠져 있는 아저씨들도, 혼날 걱정일랑 하지 않고 운동화에 바닷물을 퍼 담고 있는 아이들도. 모두 비슷한 얼굴. 즐거움을 찾아낸 얼굴.

오래전, 서핑의 세계를 다룬 다큐멘터리 영화 「스텝 인투 리

퀴드Step into Liquid」를 본 적 있다. 영화 속에서 프로들의 화려한 서핑 기술이나 감탄을 자아내던 풍경보다 더 인상적이었던 건, 어디서든 자유롭게 서핑을 즐기는 평범한 사람들의 모습이었다. 서툴게 파도와 친해지던 꼬마들이나 석유 운송선이 만들어 내는 운하의 물살을 타고서도 서핑을 해내고 말던 텍사스의 청년들은 프로가 아니고, 바다가 아니어도 얼마든지 서핑을 즐길수 있다는 것을 보여주었다. 잘하고 못하고나 장소가 어디냐는 문제가 되지 않는다.

중요한 건, 여기에서 즐거움을 찾아낼 수 있는가 하는 것.
얼마나 잘 타느냐가 아니라 얼마나 즐겁게 타는가 하는 것.

어쩌면 우린 그것을 너무 자주 잊어버려서 쓸데없이 진지하고 피곤해진 건지도 모르겠다. 그날, 봄 바다의 서퍼들이 내 시선을 오래 붙잡은 건 아마도 그래서일 것이다.

바다에 몸 담그는 시간보다 생활에 몸 담그고 있어야 하는 시간이 훨씬 많은 우리도 다르지 않다. 동동 떠서 즐거움을 기다리다가 그것이 밀려오면 잽싸게 올라타야 한다. 즐길 수 있는 시간은 짧으니까. 고꾸라진 뒤에도 툭툭 털고 일어나 다시 기다림의 자세로 돌아갈 수 있어야 한다. 다음의 즐거움이 밀려 올 때까지.

이 계절엔 몇 개의 즐거움을 만날 수 있을는지. 두 눈을 크게 뜨고 시간의 정면을 응시해야겠다. 먼 바다에서 파도를 기다리는, 서툴고 천진한 저 서퍼들처럼.

봄에서 여름으로 건너가는 계절이면, 내게는 꼭 한 번 그런 저녁
이 찾아온다. 열어둔 창으로 바람이 불어 들어올 때나 거리에서
누군가를 기다리다가 고개를 돌릴 때, 문득 '아, 내가 좋아하는 계
절이 왔구나' 깨닫는 그해의 첫 저녁이.

▌만나기 전부터, 오래도록 그리워한 계절

어느 계절을 가장 좋아하느냐고 물으면 여름이라고 망설임 없이 대답할 수 있지만, 왜냐는 물음 앞에서는 쉽게 입을 떼지 못한다. 뭐라고 해야 충분한 대답이 될까. 좋아하는 것들을 하나하나 꼽을 수는 있지만 — 한껏 늘어난 낮의 길이, 편의점 파라솔 아래서 마시는 맥주, 여행지에 온 마냥 어디서든 털썩 앉고 싶어지는 기분이라거나 축제의 마지막 날처럼 들뜬 여름밤의 공기 같은 것들 — 늘 그것만으로는 부족하다. 그래서 그냥 좋다고밖에 말할 수 없다. 내가 어디가 좋아? 그냥 다 좋아. 그렇게밖에 대답하지 못하는 스무 살 연인처럼.

"한여름에 태어나서 그런가?"
가만있어도 땀이 흐르는 날씨에 여름이라 좋다고 말하는 나를 보며 친구들은 말했다. 어쩌면 그 말이 맞을지도 모르겠다. 엄마 배 속에서 한 톨 크기로 움트고, 쿵쿵 뛰는 심장을 갖게 되고, 꼬물꼬물 손과 발도 생기고, 그리하여 비로소 '나갈 준비'가 되었을 때쯤, 나를 감싼 한 겹 너머의 세상을 내내 궁금해하지 않았을까? 바깥의 알 수 없는 열기, 무언지도 모르고 귀 기울였을 소나기 소리나 매미 소리 같은 것들. 그것을 향해 손을 대보거나 발을 차보지 않았을까? 그게 아니라면 모르겠다. 나에게는 여름의 모든 것이 익숙하고 그립다.

봄에서 여름으로 건너가는 계절이면, 내게는 꼭 한 번 그런 저녁이 찾아온다. 열어둔 창으로 바람이 불어 들어올 때나 거리에서 누군가를 기다리다가 고개를 돌릴 때, 이제 막 문을 연 술집 테라스에 앉아 맥주 한 모금을 들이켤 때. 문득 '아, 내가 좋아하는 계절이 왔구나' 깨닫는 그해의 첫 저녁이. 그건 마치 다시 사랑에 빠지는 순간과도 같아서, 나는 매해 그 바람을 깨달을 때마다 속절없이 설레고 만다.

여름은 내가 편애해 마지않는 계절이므로, 그렇게 깨달은 저녁부터 '이제 추워지고 말았네' 시무룩해지는 저녁이 오기까지 나는 아주 열심히 여름을 살아내려 한다. 나무에 매달려 맹렬히 울어대는 매미에게 지지 않으려는 듯이. 한여름 보름 정도를 살고 한살이를 마감하는 매미는 다음 여름 같은 건 생각도 않고 이번 여름을 나겠지. 그 마음을 잊지 않으려 한다.

나는 7월의 따뜻한 어느 날 저녁 시간에 태어났다. 그 시간의 온
도를 나는 알게 모르게 평생 좋아하며 찾아다녔다.

헤르만 헤세가 이런 문장을 썼다는 걸 알았을 때, 그래서 혼
자 반가웠다. 누구에게나 자기만의 계절이, 자기만의 온도가 있
는 거겠지. 우리는 그 계절과 온도를 찾아 때로 여행을 떠나기
도 하고, 내내 그리워하며 사는지도.

어떤 계절을 가장 좋아하느냐고 물었을 때 기왕이면 망설임
없이 하나를 고르는 사람이 좋다. 다 별로라거나 다 좋다고 하
는 대답보다. 가장 편애하는 하나의 계절을 꼽을 수 있는 사람
이라면 아마 구체적으로 행복해질 수 있는 사람일 테니까.

▎여름밤의 부푼 공기 속을 걷는 일

여름 중에서도 내가 좋아하는 시간은 밤, 여름밤이다. 긴 해가
저물고, 어둠이 내리고, 바람이 불어오면 집에 돌아온 뒤에도
괜스레 다시 집 밖을 나서게 된다. 아까운 밤을 조금이라도 더
걷고 싶어서다. 밤의 동네는 낮과는 다른 얼굴을 하고 있다. 드
문드문 선 가로등은 낮의 선명했던 실루엣을 부드럽게 풀어버
리고, 어두운 불빛 아래 풍경은 좀 더 아늑해 보인다.

개천 옆 언덕에 무더기로 피어난 하얀 꽃들의 이름을 모른 채로 봄이 다 갔다. 그 아래를 지나면 꼭 비누 같은 향이 훅 끼쳐왔는데, 운동을 하거나 수다를 떨며 지나치던 사람들도 그쯤을 지날 때면 늘 향기에 이끌려 멈춰 서곤 했다. 한 계절 내내 같은 길을 지나며 꽃의 이름을 알고도 싶었지만, 매번 그 향을 맡을 때마다 '아, 이 꽃 이름은 뭘까' 생각하며 그 아래 멈춰 서는 순간이 더 좋았다. 꽃이 진 자리를 보며 한 계절이 떠났다는 것을 생각할 때, 그때는 이미 여름의 한가운데로 들어선 뒤다.

그런 밤, 걷다가 문득 생각한다. 이런 밤을 알고 있다고. 걷기 좋은 밤, 잠들기 아쉬운 밤, 걷다 보면 여름의 끝에 가닿을 수도 있을 듯한 밤. 이런 기시감은 바람에 묻어 있는 어떤 냄새나 습도, 낯익은 풍경에서 시작되어 금세 마음을 훅 덮쳐온다. 언젠가 내가 '있었던' 순간이구나……. 지금의 여름이란 어쩌면 내가 보낸 첫 번째 여름 위로 쌓이고 쌓여 만들어지는 게 아닐까. 시간이 반드시 앞으로 흐르는 것만은 아니어서, 다시 같은 계절을 지날 때마다 문득 되살아나는 기억이 이토록 많은지도.

어쨌든 이맘때 가장 자주 떠올리는 것은, 스무 살 무렵의 여름밤이다. 그 시절엔 마음이 늘 조금쯤 들떠 있었다. 여름밤의 부푼 공기 탓이었는지도 모르겠다. 도시는 좀처럼 잠들 것 같지 않았고, 그래서 오히려 늦게까지 걸어 다니기에 좋았다. 거리의 소란함은 아무런 문제가 되지 않았다. 눈부시고 소란스런 도시를 미끄러지듯 걸으며 둘만의 대화에 몰두하는 게 좋았다. 그 시절 친구 Y는 신사동의 한 카페에서 꽤 오래 아르바이트를 하고 있었고, 나는 학교에 가든 누구를 만나든 저녁 무렵이면 카페의 창가에 앉아 Y가 만들어주는 커피를 마시며 Y의 일이 끝나길 기다리곤 했다. 시간이 아주 많다고 여겨졌기 때문에, 누군가를 기다리는 시간이 아무렇지 않았다.

마감 시간이 되고, 옷을 갈아입은 Y가 나오면 그때부터 우리는 이야기를 하며 하염없이 걸었다. 스무 살의 우리는 모든 것이 서툴러서 그 서투름에 대해서만도 밤새 이야기할 수 있었다. 답도 없는 얘기, 반복되는 후회, 마음에 들지 않지만 잘못 산 옷처럼 바꿀 수도 없는 나 자신에 대해서. Y와 나는 다리가 아플 때까지 걷고 걷다가 막차가 끊길 시간이 되어서야 버스를 타고 집으로 돌아가곤 했다.

스무 살의 들뜬 여름밤, 내가 가장 두려워했던 건 그런 것이었다. 그토록 가고 싶었던 곳에 왔는데, 정작 내가 있고 싶은 곳은 이곳이 아니라는 걸 깨닫는 일. 누군가와 함께 있으면서, 문득 지금 함께 있고 싶은 사람은 이 사람이 아니라는 걸 깨닫는 일. 내 마음이 무언지도 몰랐고, 타인의 마음이 어떤지는 더욱 몰랐던 시절. 진심을 모르니, 진심이라는 게 있는지 없는지도 모르니 그런 것이나 두려워하면서 제 마음에 제가 발이 빠지곤 했을 것이다. 제대로 누군가의 곁에 있지도 못하고, 원하는 어딘가에 가지도 못하면서.

지금의 나라면 아마 이렇게 말할 것이다. 어딘가에 가보아야 그곳이 오고 싶었던 곳인지 아닌지 알 수 있고, 누군가와 함께 있어보아야 진심의 존재를 알 수 있는 법이라고. 설령 원한 것이 다른 것이더라도, 그건 실수나 실패가 아니라 비로소 원하는 것을 제대로 알게 되는 일일 거라고.

그 시절로부터 훌쩍 멀어진 지금은 그때만큼 많이 걷지도 않고 제풀에 발이 빠질 일도 적다. 오래 잊고 있다가 가끔씩 떠오르는 이름들, 한때 설렜으나 이제는 무감각해진 지명들, 더 이상 마음을 아프게 하지 않는 후회들……. 그것이 서글픈 일인가 물으면, 그렇지도 않다. 지난 시간 동안 내가 삶을 무사히 겪어 냈다는 흔적이기 때문이다.

그리하여 이제 걷지 않는 여름밤엔 다만 '쓰고 싶다'는 생각을 한다. 이 시절, 이 계절, 이 밤, 이 기분을 어떤 말로든 적어두고 싶다고. 지나온 시간에서 배운 단 하나, 지금을 지나는 나만이 쓸 수 있는 글이 있기 때문에. 그것은 문장의 깊이나 생각의 문제가 아니라, 지금의 내가 한 번뿐이기 때문이다. 스무 살의 내가 단 한 번의 여름을 보낸 것처럼.

┃ 50번의 썸머, 그리고 여름의 숙제

무덥던 여름날, 트위터에서 다른 두 사람이 시간 차를 두고 비슷한 글을 올린 것을 보았다. 의미야 조금씩 달랐지만 어쨌든 '이런 여름도 이제 50번 정도밖에 남지 않았구나' 하는 글이었다. 여름을 몹시 좋아하는 나지만, 시간을 그런 식으로 셈해 본 적은 없었다. 내게 남은 여름이 이제 50번 정도 될 거라는 것……. 그것도 무사히 건강하게 살아낼 때의 얘기일 테니, 내게 허락된 여름은 어쩌면 더 짧을지도 모를 일이다.

쨍한 나무 그림자를 따라 걷는 오후, 얇은 원피스 사이로 스며드는 바람, 퇴근을 하면서 아직 해가 지지 않은 하늘을 올려다보는 즐거움, 늦은 밤에 슬리퍼를 차닥차닥 끌고 나서는 산책, 시골집 평상 위에 앉아 나눠 먹는 수박 같은 것들……. 여름이란 계절 속에는, 내가 손꼽아 좋아하는 것들이 가득하다. 그런 즐거움이 앞으로(운 좋아야) 50번 정도 더 나를 찾아오는 거라면, 두 팔을 벌려 이 계절을 껴안아야 마땅하겠지.

작년 여름 이맘때였던가. 이탈리아의 어느 교사가 학생들에게 내주었다는 여름방학 숙제를 기사로 본 적 있다. 이탈리아 아드리아 해변의 작은 마을에서 고등학교 교사로 근무하는 체사레 카타Cesare Catà는 학생들에게 열다섯 가지 방학 숙제를 내주었다. 그는 이 숙제를 '여름의 마법' 때문에 만든 것이라 했다.

여름은 학교에서 배우고 익힌 것들이 나라는 존재에 얼마나 직접적으로 연관되어 있는지 깊이 이해하기 좋은 계절이라고. 어디엔가 나처럼, 여름을 그 자체로 특별하고 근사한 계절이라 여기는 이가 있다는 것만으로 반가웠다. 그가 내준 숙제 몇 가지를 옮기자면 이렇다.

1. 가끔 아침에 혼자 해변을 산책하라.
햇빛이 물에 반사되는 것을 보고 네가 인생에서 가장
사랑하는 것들을 생각하라. 행복해져라.

2. 올해 우리가 함께 익혔던 새로운 단어들을 사용해보라.
더 많은 걸 말할 수 있게 되면 더 많은 걸 생각할 수 있게 되고,
더 많은 걸 생각할 수 있게 되면 더 자유로워진다.

3. 최대한 책을 많이 읽어라.
하지만 읽어야 하기 때문에 읽지는 마라.
여름은 모험과 꿈을 북돋우기 때문에, 책을 읽으면 날아다니는
제비 같은 기분이 들 거다. 독서는 최고의 반항이다.

4. 네게 부정적이고 공허한 느낌이 들게 하는 것은 피하라.
너를 풍요롭게 하는 것, 자극이 되는 상황,
있는 그대로의 너를 이해하고 인정하는 사람들을 찾아라.

5. 부끄러움 없이 춤을 추라.
집 근처의 댄스 플로어에서, 혹은 너의 방에서
혼자 추어도 된다. 여름은 무조건 춤이다.
춤을 출 수 있을 때 추지 않는 건 어리석다.

　숙제는 그 뒤로도 이어지지만, 이것만 하기에도 여름은 짧을 것이다. 50번의 썸머, 그중의 하나가 지금 나와 함께 있다. 그렇다면 해야 할 일이란 단 하나, 내가 보낼 수 있는 가장 근사한 여름을 보내는 것. 그것이 이 여름, 우리가 받아든 유일한 방학 숙제인 것처럼.

서울에 살며 몇 번이나 그랬는지 모른다. 출근길의 전철에 꼬깃꼬
깃 겹쳐 서 있을 때도, 늦은 밤 버스 뒷자리에 앉아 덜컹거리며 집
에 돌아올 때에도. 창밖으로 한강이 나타나면 마음이 탁 풀리며
생각하곤 했다. 그래도, 한강이 있어 참 다행이라고.

▍한 계절의 시작과 끝을 알려주는 풍경

한강을 건널 때면 잊고 있던 계절이 성큼성큼 눈으로 걸어 들어온다. 신사동에 있는 사무실로 출근할 때는 응봉산의 동그란 이마를 내다보는 게 좋았다. 겨울엔 소복이 눈으로 덮여 있던 동산은 봄이 오면 개나리꽃이 노랗게 어룽졌다. 매일 아침 서강대교를 건너며 밤섬의 머리가 까슬까슬 자라는 모습으로 계절을 가늠하던 시절도 있었다. 비 몇 번이면 잎이 무성해졌는데, 하루도 같은 적 없는 초록을 보는 게 그토록 신기했다.

처음 서울에 왔을 때는 그런 풍경을 보는 게 너무 반갑고 좋아서 버스나 전철로 한강을 건널 때마다 서울 친구들에게 묻곤했다. 저건 뭐야? 저긴 어디야? 안타깝게도 서울에서 태어나고 자란 애들은 별 관심이 없었다. 나는 지도를 찾아보았다. 내가 살아가게 될 도시. 내 청춘을 다 보내게 될 도시. 그 도시가 품은 산과 언덕과 골목의 이름이 궁금했다. 그것을 다 알 수는 없었으므로 그래서 더욱, 어디서든 물어볼 필요 없이 이름을 부를 수 있는 한강이 좋았다.

그랬으니 한강에 틈만 나면 찾아갔고, 계절마다 많은 추억을 쌓았다. 특히 여름날, 구름이 쉼 없이 모양을 바꾸는 날은 해 지기 전에 서둘러 한강에 가야 한다. 지난여름, 구름이 이래도 안 나올 거냐고 창문을 두드리듯 뭉클뭉클 흘러 다니던 날에도 마음을 들썩대다 결국 한강에 갔다.

막상 도착해서 잔디밭에 흩어져 있는 사람들을 보면 매번 놀라게 된다. 나만 빼고 다들 여기서 놀고 있었다니! 하는 좀 억울한 심정이 되고 마는 것이다. 먼저 자리를 잡은 사람들 틈에 텐트를 펴고 돗자리에 냉큼 누웠다. 우리 바로 옆에 돗자리를 편 가족은 해가 기울 때마다 나무 그늘을 따라 조금씩 자리를 옮기고 있었다.

아내하고 딸과 함께 나와 한낮부터 맥주 몇 잔을 기울였는지 얼굴이 붉게 달아오른 아저씨는 지나가는 모든 개들에게 인사를 하고 있었다. 한번은 키 큰 청년과 함께 산책하던 자이언트 푸들에게 "아이고, 너는 아주 멋쟁이구나. 안녕, 안녕" 반갑게 인사를 했다. 청년도 맞장구를 쳤다.

"안녕하세요, 해야지."

예의 바른 푸들이 안녕하세요, ……했을 리가 없고, 그 옆에
서 책 읽는 시늉을 하던 나만 웃음을 참느라 고생.

그러니까 이런 계절의 한강이란 낮부터 맥주를 한껏 마시고
지나가는 모든 개들에게 인사를 하기에도 좋은 장소인 것이다.
나오고 보니 역시 좋았다. 서늘한 바람이 불 때, 잔디밭에 누워
하늘을 올려다볼 때, 맥주를 한 모금 마셨을 때, 멀리 깜빡이며
지나가는 유람선을 발견했을 때, 매번 생각했다. 좋은 계절이
다 가기 전에 또 나와야지.

이상하게도 한강에서는 한 시절이 가고 있다는 생각을 자주
했다. 좋은 줄도 모르고 지나는 좋은 시절, 언젠가 돌아보면 그
리워질 시간을 내가 지금 지나고 있구나 하고.

▌그래, 우리 안 하던 걸 한번 해보자

우울해서 어디로든 나가고 싶다고 친구 1이 말했다. 이 계절엔
한강에서 맥주지, 나는 고민 없이 대답했다. 그때 우울로는 누
구에게도 지지 않을 친구 2가 내일 뭐 할 거냐는 문자를 보냈다.
둘은 모르는 사이다. 1에게 묻는다. 여기 우울한 영혼이 하나 더
있는데 같이 만날래? 번잡한 맘으로 낯선 이를 만나 어색하게
웃고 싶진 않을 것 같아 혹시나 하고 물었는데, 의외로 1은 쉽게

대답했다. 그래, 안 하던 걸 한번 해보자.

이튿날, 우리는 한강공원에서 만났다. 캔 맥주를 든든히 산 다음, 어딘가 앉을 만한 데를 찾다가 철교 아래 나무 그늘에 자리를 펴고 누웠다. 늦게 온 2는 잔디밭에서 한참을 찾았다며 왜 이런 구석진 데에 앉아 있냐고 투덜댔다. 애송이, 한강에선 이런 데가 명당이야. 그냥 한 소린데 2의 얼굴이 금세 어두워졌다. 역시 그래서 차인 건가……. 또 시작이다. 얼마 전 헤어진 2는 툭하면 자신에게서 이별의 이유를 찾느라 저 모양이다.

1과 2는 의외로 선선히 잘 어울려 얘기했다. 헤어진 애인을 잊지 못해 그 사랑 앞에 3년 상이라도 치를 듯한 2에게 우리는 이래도 한 세상 저래도 한 세상이라고 그냥 다음 사랑을 기다리라 말한다. 죽었다 깨어나도 지금 그런 마음일랑 먹을 수 없는 2는 더 풀이 죽어버린다. 하기야 연애는 늘 그런 문제 아니었던가. 이 사람이 아니면 안 되는 것. 지금이 아니면 안 된다는 것. '썸머Summer'와 헤어져도 '오텀Autumn'이 온다는 걸 알지만, 지금 내가 가장 사랑하는 것은 썸머이다. 그럴 때 '이 다음' 같은 건 의미가 없다.

헤어진 날 술 사달라며 나온 자리에 앉자마자 뚝뚝 눈물을 흘리던 2를 기억하는 나는, 이 시대의 순정남에게 읽어주고픈 글이 있다며 스마트폰을 뒤적였다. 어린 날의 내가 받아 적었던 글, 이제 와 다시 보면 새롭게 읽히는 문장들을.

보물을 찾았다. (또는, 보물을 찾았다고 생각했다.) 그것은 배신과 더불어 왔다. 그 보물로 인하여 나는 상처 입었다. 차라리 보물을 찾지 못했더라면 하고 생각했다.

이제 어째야 할까. 생각을 바꿔 그것이 보물이 아니었다고 결론 짓고, 새로운 보물을 찾아나서야 할까. 아니면 그것이 가져온 이 배신마저도 보물이라 여기고, 다 좋은 척, 배신도 상처도 없는 척, 오직 즐겁기만 한 척 꾸미고 살아야 할까.

그게 삶일까. 이런 생각이나 하다니. 어린 시절엔 길에 묻힌 사금파리 조각을 발견하고서도 혹시 그것이 별일까, 싶어 흙 속에서 파냈는데.

　　　　　—최인석, 「작가의 말」 전문, 『나를 사랑한 폐인』, 문학동네, 1998

2도 1도 말이 없다. 한때 보물이었던 무엇을, 혹은 어제 일 같은 배신과 상실의 기억을, 어쩌면 별일까 싶어 파내었던 오랜 시절의 사금파리를 떠올리고 있을까. 우리는 말없이 맥주 캔을 들어 미지근해진 맥주를 입속에 탈탈 털어 넣었다. 머리 위로는 잊을 만하면 철교를 지나는 전철 소리가 덜컹거렸다. 2가 말했다. 저 소리도 익숙해지네. 1이 말했다. 안 하던 걸 해보니까 좋네. 나는 그렇게 말하는 1과 2의 사진을 찍어주었다. 어떻게 찍어도 역시나 우울해 보이는 얼굴이어서 찍다 보니 자꾸 뒷걸음질을 치게 되었다. 이렇게 찍으니까 예쁘네! 먼저 찍어주겠다고 할 땐 언제고 시답잖은 소리를 하며 길 건너로 자꾸만 멀어지는 나를 보며 1과 2가 웃었다.

집으로 돌아오는 길에 보니, 1과 2의 프로필 사진이 바뀌어 있었다. 조금 전 나무 아래서, 무성한 나뭇잎들 사이로 울적한 얼굴을 아주 조그맣게 찍어준 사진이었다. 모르긴 몰라도 기분 전환이 된 모양이었다. 가끔은 이렇게, 안 하던 걸 해보는 것만 으로 하루가 다행스럽게 저물 때가 있다.

▌심심한 한강에서 심심한 마음으로

가끔은 혼자 한강에 간다. 소란스레 즐겁지 않아도, 오히려 그 심심함이 좋을 때가 있다. 한강에선 혼자여도 어색하지가 않다. 사람들은 각자의 자리에서 저마다의 표정을 하고 있는데, 혼자 인 나는 딱히 할 일이 없으므로 그 모습을 유심히 관찰한다. 다 들 무슨 일로, 무슨 마음으로 이곳에 와서 함께인 듯 따로, 여름 의 한 순간을 지나고 있는 걸까.

하늘 높이 연을 띄우는 아저씨의 손놀림은 언제 봐도 신기하 다. 방금까지만 해도 손에 커다란 독수리 연을 들고 있는 걸 보 았는데, 정신 차려 보면 어느새 연은 저 하늘 멀리 조그만 점이 되어 있기 일쑤다. 매번 보면서도 신기해서 눈을 떼지 못한다. 낡은 아이스박스를 어깨에 둘러멘 아이스께끼 아저씨가 목청 을 높이며 지나가기도 한다. 저걸 요새 누가 사 먹나, 오지랖 넓은 걱정을 하다 보면 어느새 잔디밭 저 어디쯤에서 번쩍 손을 드는 손님이 나타난다. 아이스박스에 코를 박고서 아이스께끼를 고르는 손님들 뒤통수로도, 소매로 땀을 훔치는 아저씨의 얼굴 위로도 여름이 지나가고 있다.

멀리 강가에는 낚시에 따라나선 부인을 위해 은박 돗자리를 한 번, 두 번, 세 번 접어서 도톰하게 앉을 자리를 만들어주는 낚시광 아저씨도 보인다. 개를 데리고 산책 나온 여자, 이어폰을 끼고서 허공에 드럼 치는 시늉을 하는 남자, 공놀이엔 관심없이 돗자리에 엎드려 책을 읽는 아이도 있다. 그럴 때면 매일 서른 번도 넘게 불릴 저 개의 이름이, 지금 이어폰으로 듣고 있을 노래의 제목이, 아이가 푹 빠져 있는 책의 표지가 궁금해지기도 한다.

그리고 이 모든 풍경을 내가 지켜보고 있는 두어 시간 동안, 한자리에 정물처럼 가만히 앉아 있는 사람들도 있다. 아무것도 하지 않고 한 방향을 향해 그저 앉아 있는 사람들. 조금 전에 자리를 편 것 같은데 지루한지 금세 일어나는 커플, 사진만 여러 번 찍고 한강을 보는 둥 마는 둥 떠나버리는 사람, 돗자리에 누워 스마트폰 화면에서 눈을 떼지 않는 사람…… 그 틈에서 가만히 한자리를 지키는 사람들은 눈에 띌 수밖에 없다.

한자리에 오래 눈길을 두고, 한자리에 오래 마음을 두는 게 너무 어려운 일이 되어버려서인지 그런 모습을 보면 다행스럽다. 심심함을 조금도 견디지 못하게 된 세상에서, 모두가 늘 끊임없이 무언가를 하고 있는 곳에서, 아무것도 하지 않는 사람들이 있어 마음이 놓인다. 그들의 심심한 세계를 깨지 않으려 나역시 심심한 한강에서 심심한 마음으로 심심한 하루를 보낸다.

┃ 낡은 스쿠터로 한강을 건너는 날들

그날 뚝섬까지 가게 된 건 순전히 길을 잘못 들어서였다. 오랜만에 나선 스쿠터 산책이었는데, 늘 가던 길이 공사로 막혀 있었다. 안전봉을 든 아저씨들이 우회로를 일러주었고, 생전 처음 가보는 길을 달리다가 신호가 때마침 바뀌는 바람에 사거리를 건너고 건너고 하다 보니, 우리는 어느새 영동대교를 건너 뚝섬까지 오고 말았다.

　예정에 없이 오래 달린데다 스스로의 바보 같음에 조금 지쳐 있었으므로, 한강공원 초입에 있는 시장에 들러 장을 봤다. 닭강정과 떡볶이, 수박 따위를 사서 잔디밭에 자리를 펴고 체할 듯이 먹고서는 드러누웠다. 이런 데 오면서 대체 책 같은 걸 왜 들고 나왔냐는 타박을 들으며 나는 책을 펴고, 친구들은 원반을 던지러 간다. 빛이 좋아 원반을 향해 개처럼 뛰어 다니는 친구들의 사진을 찍다가, 옆 텐트의 이야기를 몰래 엿듣다가 한다.

해 질 무렵 우리는 다시 스쿠터를 타고 근처 셀프 세차장에 가서 여름 내내 먼지를 뒤집어쓴 스쿠터를 목욕시켜주었다. 낯선 동네의 세차장에서 다들 물을 뿌리거나 세제를 닦아내느라 분주한데, 뒷자리에 얻어 타는 나만 할 일이 없어 텔레비전 불빛이 새어 나오는 사무실 앞, 플라스틱 의자에 앉아 낮에 읽다 만 책을 읽는다. 조도가 낮은데 그러고 있는 나를 보곤 친구들이 한석봉 나셨다며 또 면박을 준다. 굴하지 않고 꿋꿋이 책을 읽는다. 주위 풍경 때문인지 꼭 낯선 도시의 터미널에 앉아 막차를 기다리는 기분이 들기도 했다.

돌아가는 길에는 뺨에 와 닿는 바람이 더 상쾌했다. 다리를 건널 땐 바람이 세차게 불어 멀리 있는 불빛들이 흔들리는 듯 보였다. 앞으로 몇 번이나 더 스쿠터를 타고 한강을 건널 수 있을까. 나는 언제부터 이런 것을 세어보는 사람이 되었나. 인생에도 봄 여름 가을 겨울이 있다면, 지금은 분명 여름일 것이다. 언제까지 여름이라 느낄지 모르지만, 지금은 그렇다.

여름은 곳곳에 반짝이는 조각을 흩뿌려 놓았다. 더 이상 별일까 싶어 흙을 파내는 일 같은 건 하지 않게 된 나는, 해변을 걷는 사람처럼 몇 개는 밟고 지나가고, 몇 개는 주워 주머니에 넣는다. 집에 가져와 꺼내 보면 그것은 그냥 평범한 사금파리다. 하지만 그것이 여름의 조각이라는 걸 이제는 안다. 별이 아니라 해도, 더 이상 믿지 않게 된 일들이 많아도, 반짝이는 순간 앞에

어김없이 걸음이 멈출 때 우리는 여전히 보물을 찾는 아이들이다. 주워온 사금파리들로 서랍이 환하다.

또 한 번의 여름이 간다.

어디에나 있는 시골마을에서

낯선 지방에 가면 이상하게도 여행객이 굳이 찾지 않을 법한 더 작고, 더 한갓진 마을을 찾아 들어가게 된다. 낡은 슬레이트 지붕과 빛바랜 간판, 동구나무나 돌담으로 이루어진 골목 등이 비슷한 풍경을 이루고 있는 곳들. 내가 그런 곳을 남들보다 자주 찾는다면, 그건 아마 나고 자란 풍경에 가깝기 때문일 것이다.

▌모두가 모두를 안다니, 시골이란 참 이상하지

늦은 여름휴가를 떠나기 전, 집에 들러 엄마 생신을 미리 축하할 생각이었다. 짐을 다 싸고 전화했더니 아빠가 오늘 엄마는 집에 없는데, 하신다.

"어디 갔는데?"

"아르바이트."

"어디에?"

"오리집."

농한기만 되면 놀면 뭐 하냐며 하루씩 남의 집 농사일을 다니시곤 했으니 으레 그런 줄 알았는데, 아침 일찍 읍내의 오리백숙 집에 갔다는 것이다. 마침 그날은 초복이었다. 대목을 맞은 사장님이 일손을 좀 거들어 달라고 부탁한 모양이었다. 아빠는 이렇게 된 김에 그냥 다 같이 거기서 만나 저녁을 먹자고 했다.

엄마 생신을 축하하러 가는 건데 어쩐지 엄마의 서빙을 받게 되었다……고 생각하니 좀 이상했지만, 그렇다고 무슨 서글픈 풍경이 기다리고 있었던 건 아니다. 식당 마당에 들어서니, 아빠는 파라솔 아래 앉아 사장님과 수다를 떨고 있었고, 엄마는 뒤 꼍에서 양파 망을 들고 나오다가 "딸!" 하고 반가이 맞아주었다. 오리집은 한옥을 개조한 식당이었는데, 엄마는 아무 방에나 들어가 앉으라고 했다. 누가 보면 우리 집인 줄 알 법한 풍경이었다. 자리를 채운 손님들도 서로 다 아는 듯한 분위기여서, 계곡 옆 백숙집에 이웃끼리 야유회를 나와 있는 것 같기도 했다.

초복이지만 일요일 저녁이어서인지 식당은 한산한 편이었다. 덕분에 엄마도 앞치마를 풀고 같이 앉아 저녁을 먹었다. 오랜만에 마주 앉아 소주 한 병을 비우는 동안, 아빠는 읍내 아저씨들의 근황을 들려주었다. 듣다 보니 어제도 그제도 마당의 저 파라솔 아래 모인 모양이었다. 아빠 친구인 아저씨들은 저마다 읍내에 오토바이 가게나 농약방, 정육점 같은 가게를 꾸리고 있었다. 내가 어릴 때도 밭일하는 아빠를 툭하면 불러내어 엄마의 원망을 샀던 아저씨들. 여전히 비 오면 비 온다고, 더우면 덥다고, 원두막에 모였다고, 마당에 파라솔을 샀다고 아빠를 불러내는 모양이었다. 아빠는 그 와중에 이야기를 하며 자세를 바꿀 때마다 팔꿈치로 테이블 모서리의 호출 벨을 눌러서 사장님을 헛걸음하게 만들곤 했다.

"머 주까?"

"아이다, 팔꿈치가 괜히……."

"왜?"

"아 거참, 팔꿈치가……."

세 번째 벨이 울렸을 땐 일부러 그러는 건가 싶을 정도로.

해가 완전히 넘어가 어둑해질 무렵이 되자, 마당의 파라솔 아래가 갑자기 시끌벅적해졌다. 문제의 친구들이 오늘도 거를세라 모인 듯했다. 바둑판을 펼치는지 잘그락거리는 바둑알 소리와 어제의 명승부에 대한 후기가 오갔다. 하필 파라솔 자리는 대나무 발을 사이에 두고 우리가 앉은 방 바로 앞이었다. 아빠는 바깥 상황에도 흔들리지 않고 딸내미와 하던 얘기를 마저 하겠다는 의지로 마당 쪽을 등지고 고쳐 앉으려다 그만…… (또) 팔꿈치로 호출 벨을 눌러버렸다. 띵동띵동. 사장님이 이번엔 대체 뭐가 필요하냐며 대나무 발을 걷은 순간, 아빠와 오토바이 가게 아저씨의 눈이 마주치고 말았다.

"……거 숨어 있었나?"

"숨기는!"

웃을 새도 없이 아빠는 아저씨 손에 끌려 나갔다. 하이고, 딸내미 왔다고 거 숨어가 기척도 안 내고. 아빠가 뭐라고 대꾸하는 것 같았지만, 아저씨들은 아무도 듣지 않았다.

상을 물리고 마루에 나와 보니, 4인용 파라솔 아래 아저씨들

어디에나 있는 시골마을에서

여섯 명이 다닥다닥 붙어 앉아 있었다. 소주 몇 잔에 얼굴이 불콰해진 아빠도 골똘히 바둑판을 지켜보고 있었다. 사장님 친구가 아빠 친구이고 아빠 친구가 사장님 친구인 곳. 모두가 모두를 아는 곳. 그래서 좋기도 하지만, 때로는 그 가까움이 불편하기도 했던 곳. 아무도 나를 모르는 낯선 곳에 가서 살고 싶다는 생각을 처음 품게 했던 곳. 그곳이 내가 나고 자란 작은 시골마을이었다.

▌나에겐 하루지만 누군가에겐 평생이었을 어떤 마을

이튿날엔 시골집을 떠나 통영으로 출발했다. 남은 날 동안 통영과 거제에 닷새 정도 머무르다 서울로 돌아갈 생각이었다. 성수기가 시작되기 바로 전이긴 했지만, 가는 곳마다 이상하리만큼 사람이 적었다. 식당엔 늘 자리가 있었고, 배표는 남았으며, 줄을 서서 기다려야 한다는 관광지도 한산한 편이었다.

거제에서는 저구리라는 작은 마을에 머물렀다. 하루에 네 번, 매물도로 가는 배가 뜨는 곳이었다. 도착한 첫날, 늦은 저녁을 먹으러 들어간 식당에는 손님이 우리 빼고는 아무도 없었다. 정확히는 주인도 없었다. 조도 낮은 식당의 불빛 아래 잠자코 앉아 있자니, 소쿠리에 깻잎이며 상추, 풋고추 등을 담아온 아주

머니가 들어서며 뭐 드릴까요, 했다. 생선구이 백반을 시키고
또 가만 앉아 있었다.

해가 지자 바닷바람이 더욱 거세지면서 바람 소리가 골목에
윙윙 울렸다. 길엔 사람 그림자 하나 보이지 않았는데, 간간이
어느 집에선가 텔레비전을 보다 한 번에 터지는 웃음소리 같은
것이 들려오곤 했다. 마당의 세숫대야를 가열차게 날려버리는
바람 소리를 듣고 있자니 내일 날씨가 걱정됐다. 이래서야 배가
뜨기나 할까.

"일기예보에서 내일 비 온댔는데 괜찮을까?"

"비는 안 와요."

건너편에서 채소를 다듬던 주인아주머니가 대신 답했다.

"아, 안 온대요? 다행이다."

"비는 원래 주말에만 와요. 아휴, 이놈의 비는 어떻게 된 게
장사 안되게 맨 주말에만 와……."

"……."

그러니까 저녁 바람에서 내일의 습도를 읽었다거나 하는 현
지인의 능숙한 감각이 아니라, 그냥 두런두런 털어놓는 한탄이
었다. 투덜이 스머프 같은 주인아주머니에겐 좀 귀여운 구석이
있었다.

채소를 다듬다가 갓 따온 고추를 한입 먹어보시더니 매운지
물을 연거푸 마시고 나선 금세 시무룩한 얼굴이 되었다. 올봄

에 새로 나온 비타민 고추라기에 일반 모종보다 열 배나 비싼데도 큰맘 먹고 산 건데 이제 와 수확해보니 너무 맵다고, 무슨 비타민이 이렇게 맵냐고 슬퍼하셨고, 며칠 여행 온 거냐고 물어보시고선 나의 닷새짜리 휴가를 부러워하셨다. 휴가가 길어야 사람들이 여기도 오고 생선구이 백반도 먹지 않겠냐고 위로 아닌 위로를 해보았으나, 사장님은 여전히 매운 입을 호호 불며 투덜투덜.

"이렇게 날씨 좋을 때 다니니 얼마나 좋아요. 우리 같은 사람들은 날 궂을 때만 쉬니까 놀러를 가도 재미가 없어. 겨울에 어디 가면 춥기만 춥고."

그러고 보니 궁금해한 적 없었다. 여행지에서 만난 식당 주인이나 숙소 주인들은 어느 계절에, 어디로 여행을 갈까 하는 것. 그들이 어딘가에서 '손님'인 모습도 상상하기 힘들었다. 마치 나는 원래부터 여행자이고, 그들은 원래부터 주인이기라도 한 것처럼. 그러다가도 이렇게 나눈 몇 마디 대화 속에 잠시 서로의 삶을 들여다볼 틈이 생기면 반가워지고 만다. 반가워서, 열린 문틈을 가만히 붙잡고 내가 미처 상상해본 적 없는 삶을 들여다보게 된다.

잠시지만, 이상하게도 그렇게 처음 만난 누군가의 이야기를 듣는 순간엔 어떤 친밀함이 있다. 내가 잠시 여행하러 온 곳에,

누군가 오래전부터 살아가고 있었다는 당연한 사실이 왜 반가움을 주는지 모르겠지만.

거긴 볼 게 없어, 그런 말은 한 번도 믿은 적 없으니

마지막 날엔 해안도로를 따라 달리면서 아무 마을에나 섰다 가다 했다. 구조라항에 차를 세웠을 때 '샛바람소리길'이라는 이정표를 보고 한번 따라가보았다. 전국 어디에나 마구잡이로 생겨나버린 둘레길 같은 것이려니 했는데, 입구에 세워둔 안내판이 꽤나 낡아 보였다. 비와 바람에 삭은 나무판에 쓰인 글씨는 "보이소" 하는 말로 시작됐다.

지금 서 있는 이 주변을 우리 동네 사람들은 뎅박동(洞)이라 불렀다 아입니까. 샛바람 소릿길은 뎅박동에서 언덕바꿈으로 가는 시릿대오솔길을 말하네요. 샛바람을 피하기 위해 심은, 머라 캐야 하노…… 일종의 방풍림이었네요. 옛날에 겁이 억수로 많은 아~들은 여 있는 시릿대 밭에 거시기해서 들가지도 못했는데 여름날 땡볕에도 서늘한데다 그만치 어두컴컴해서 (…) 샛바람에 한매친 귀신들이 울어대는 거 멘커로 등골이 오싹해가지고 엄청시리 겁났네요. 인자는 다 알아삐갖고 겁은 좀 덜나는데, 그래도 혼자가모 쪼깬 그시기하네요. 우짜든가 둘이 드가서 댕기보이소.

누가 쓴 글일까. 마을 사람들이 다 함께 회관 같은 데 모여 앉아 머리를 맞대기라도 했을까? 그래 설명해가꼬 되겠나? 귀신 얘기는 와 뺐노, 둘이 드가라카게라. 무섭고도 귀여운 안내문에 적힌 대로 '우짜든가 둘이 드가서' 댕겨보았다. 대나무가 정말 어찌나 빽빽한지, 그나마 잎사귀 사이로 들던 빛마저도 해가 구름 뒤로 숨어 사라지고 나면 밤처럼 캄캄해지고 마는 길이었다. 중간쯤 왔을까, 길을 더듬더듬 짚어나가는 와중에 노루인지 토끼인지가 튀어나오는 바람에 콩알만 해진 심장이 떨어질 뻔하기도 했다.

한 바퀴 돌아 숲길을 겨우 빠져 나왔다. 마을에 들어선 안도감에 한숨을 몰아쉬는데, 골목 안쪽 어느 집 대문에서 튀어나온 꼬마 둘이 내 앞을 가로질러 뛰어갔다. 얼핏 눈이 마주친 것 같아 "저기 숲 진짜 무섭드라!" 하고 말을 걸었더니 뛰어가면서 뒤도 안 돌아보고 외친다.

"어데 갔다 왔는데요?"

"저기, 대숲에!"

"거 하나도 안 무서븐데!"

"무섭던데!"

"안 무서븐데!"

아무래도 내가 질 수밖에 없는 대화를 하고 있자니 웃음이 났다. 저 나이쯤의 나도 그랬을까? 그러고 보니 어려서 내가 살던 마을엔 어째서 단 한 명의 여행자도 볼 수가 없었던 걸까. 아마 흔히 말하는 대로 '볼 것이 없는' 곳이라 그랬겠지.

이 작은 나라 구석구석 얼마나 많은 시골마을들이 있으며, 그 것은 또 얼마나 자주, 여행지와 그렇지 않은 곳으로 나뉠까 하는 생각이 든다. 내가 이상하게 여기는 말들은 이런 말들이다.

"거긴 볼 게 없어" 하는 말.

"거기 이틀이나 있어봤자 할 게 없을 텐데" 하는 말.

그런 이야기를 들으면 갸우뚱한 기분이 든다. 어디서라도 눈앞에 보이는 것들을 두고 여긴 '볼 것'이 없다, 오늘 처음인 곳에 와서 '할 것'이 없다 말하지는 못하겠다. 여행에서 봐야 할 것, 해야 할 것이란 게 무엇일까? 있다 해도, 그건 누가 미리 정해둘 수 없는 게 아닐까? 그러니까 관광지라 불리지 않을 뿐 어디든 '여행지'는 될 수 있는 게 아닐까.

아무도 여행 오지 않던, 어린 나를 키운 조그만 시골마을에 얼마나 많은 이야기가 쌓여 있었는지 나는 안다. 그러니 내가 하루나 이틀 머물다 가는 곳에서, 오랜 세월 차곡차곡 쌓여왔을 이야기를, 누군가가 보냈을 한평생을 지금도 나는 궁금해하지 않을 수 없다. 그 긴 세월에 내 짧은 하루를 포개고 가는 것이 여행이라면, 사실 할 일이란 그것으로 충분하지 않을까.

어디에나 있는 시골마을에서

걷다 보면 자주 누군가의 창을 올려다보게 된다. 화분을 내어둔 창을 볼 때면 반가워서, 종이 모빌을 걸어둔 창을 볼 때면 그것을 내건 마음을 짐작해보고 싶어서, 담쟁이덩굴이 온통 뒤덮인 창을 볼 때면 저 창의 안쪽에서 산다는 건 어떤 기분일까 궁금해져서.

❙ 바깥에서 바라보는 누군가의 작고 완전한 세계

창문에는 한 집의 온기와 생기가 함께 묻어 있다. 그래서인지 여행을 하며 누군가의 창문을 올려다보는 순간만은, 성냥팔이 소녀의 심정을 이해할 수 있을 것 같았다. 오래 집 밖에 나와 있는 추운 마음을 녹이려고 첫 번째 성냥을 켜면 따스한 불빛이 일렁이는 난로가, 두 번째 성냥엔 음식이 차려진 식탁이, 세 번째 성냥엔 반짝이는 크리스마스트리가 달린 창의 커튼 안쪽으로 어른거리는 것만 같은 기분.

집에 돌아가고 싶어도 집이 너무 멀리 있는 나와는 달리, 그들의 집은 그저 창문 안쪽에 있었다. 누군가를 위한 저녁이 데워지는 고소한 냄새, 달그락거리며 식기가 부딪치거나 슬리퍼가 거실 바닥을 끄는 생활의 소리, 가끔 창가에 다가와 코가 닿을 듯 바깥을 내다보는 맑은 눈의 고양이들. 거기에는 내가 떠나온 생활과 지금 이 순간 그리워하는 모든 것들이 담겨 있었다.

어떤 도시에 사는 이들은 누구보다 열심히 창가를 돌보기도 했다. 좁은 창가에 지나는 사람들도 함께 볼 수 있는 작은 정원을 만드는 마음이란 무엇일까. 그럴 때면 내가 사는 도시에선 '샷시'가 모든 것을 망쳐버렸다고 투덜거리던 친구의 말이 생각났다. 모두가 비슷한 창을 가지고 산다는 건 생각보다 울적한 일인지도 모르겠다. 이중으로 닫힌 불투명한 창의 안쪽에서 별다른 것을 꾸밀 생각도 못한 채 산다는 건.

창 안팎에는 누군가의 작은 세계가 있었다. 가끔 머리를 질끈 묶은 창의 주인이 테라스에 나와 화분에 물을 주거나 의자에 앉아 담배를 피우다 들어가기도 했다. 낯선 그 혹은 그녀는 이 도시, 저 창가에서 행복한 아침도 불행한 저녁도 모두 맞을 것이다. 커튼을 걷는 순간 미소를 띠게 되는 아침도 있을 테고, 지친 날엔 한숨으로 창문이 흐려지는 밤도 있을 것이다. 그리고 더 많은 날들엔 저 창을 통해 계절이 바뀌는 기적을, 날씨가 개거나 흐려지는 모습을, 거리의 크고 작은 변화를 느끼곤 하겠지.

어디서든 쉬이 외로워지는 우리를 위해, 어디서나 비슷하게 이어지는 일상을 보여주는 창들. 창이 있어 우리가 서로의 안부를 궁금해할 수 있다는 건 다행인 일이었다. 어쩌면 그런 이유로, 사람은 처음 막힌 벽을 뚫어 창이란 걸 만들어낼 생각을 했는지도.

▌안쪽에서 내다보는 한 시절의 풍경들

밤이면 책상 위 스탠드만 켠 채로 앉아 책을 읽다가 가끔씩 창
밖을 물끄러미 내다보곤 한다. 막다른 골목 제일 안쪽 집, 5층
창에선 골목이 그대로 내다보인다. 맞은편 어둔 건물의 불 켜진
창들이 꼭 가운데를 꾹꾹 눌러 펴놓은 책 같기도 하다. 그 너머
로 더 많은 것이 보인다. 건물들 사이로 삐쭉 고개를 내민 나무
몇 그루, 교회의 붉은 십자가, 멀리, 아주 멀리까지도 이어져 있
는 불 켜진 창들. 누군가가 저 어둠 속에 살아가고 있다는 표시
들. 그것이 지금 내가 보는 작은 세상이다.

내가 가졌던 몇 개의 창窓들을 기억한다.

시골의 고향집에는 사방을 향해 창이 나 있었지만, 정작 그
곳에서 자랄 때는 창을 별로 의식하지 못했다. 어렸기도 했거
니와, 아마 창 안팎의 경계가 뚜렷하지 않았기 때문이리라. 집
안 곳곳의 창은 울창한 뒷산이나 오래전 할아버지가 심어두었
다는 마당 곁의 자두나무나 지하수를 길어 올리는 펌프식 수돗
가를 향해 열려 있었다. 하지만 그 모든 것은 내가 이제 막 놀다
들어온 풍경이었으므로, 창 안팎의 세상이 그리 다르지 않았다.
날씨 좋은 날, 더러 창을 모두 열어두면 제비 같은 새들이 모르

고서 들어왔다가 다른 창을 통해 나가기도 했다.

열린 창으로는 바람도 흘러들고, 그 바람에 흔들리는 뒤꼍 대나무 숲의 푸른 소리도 흘러들고, 저물녘이면 산 그림자와 함께 노을도 스며들었다. 그럴 때 창은 마치 바람도, 새도, 노을도 그렇게 무람없이 드나들라고 만들어둔 것 같았다. 풍경에 틀을 두르기보다 오히려 그 경계를 지우는 창이었으니, 어린 내가 창 자체를 특별하게 의식했을 리 없다.

서울에 올라와서야 새삼스레 창의 존재감을 자각했다. 그냥 존재감 정도가 아니라 창이 얼마나 중요한지 깨닫게 되었다고 해야 맞겠다. 스무 살 때부터 셋방을 옮겨 다니며 몇 번씩 사는 곳이 바뀌었는데, 그럴 때마다 새로운 창을 얻게 되었다. 어떤 창을 가진다는 건, 하나의 풍경을 가지게 된다는 뜻과 같았다. 못해도 1년, 길게는 3~4년씩 같은 창을 통해 하나의 풍경을 보게 되기 때문이었다.

그러니 집을 구할 때 창이 어디로 나 있고 어떤 풍경을 담고 있는지는 자연스레 중요해졌다. 작은 창문을 삐걱거리며 열면 바로 앞 건물에 시야가 막혀버리는 집은 다른 조건이 좋아도 자연스레 선택지에서 지워졌다. 내게 방을 고르는 일은 창을 고르는 일과 다르지 않았다. 계단이 너무 많거나 너무 낡은 집이더라도, 풍경이라 부를 만한 걸 담고 있는 창을 갖고 싶었다. 무엇보다 당분간 살아갈 집을 고르는 데에, 그런 선택이 중요하다고 생각하는 삶을 살고 싶었다.

　서울에 올라와 처음 가진 창은, (삼촌 집에 얹혀살았으므로) 딱히 선택권 없이 만나게 된 창이었다. 1층에 치킨집이 있는 건물의 4층이었는데, 덕분에 오픈 시간인 6시만 되면 기름 냄새가 창으로 흘러들었다. 그 창으로는 골목길 하나를 사이에 두고 건너편 건물의 창이 마주 보였다. 가깝다고도 아주 멀다고도 할 수 없었다. 때문에 그 창의 주인과 나는 서로를 의식하면서도 의식하지 않는 듯 지냈다. 늦은 밤 책상 앞에 앉아 있다 고개를 들었을 때 마침 커튼 안쪽의 불이 켜지면, '이제야 들어왔네' 생각하기도 했고 창에 내둔 화분이 말라가는 것을 걱정하기도 했다.

　그 집에서 제법 오래 살았기 때문에 나는 창의 주인이 바뀌는 것과 그럴 때마다 함께 바뀌는 커튼이나 화분의 모습도 지켜보게 되었다. 커튼에서 무채색 블라인드로, 선인장에서 각종 허브로 바뀌는 이웃의 취향을 지켜보는 사이에 몇 년이 흘렀다.

　두 번째로 가졌던 창은 비탈길을 따라 제법 높은 곳에 위치해 있었다. 집들이 다닥다닥 엎드려 있는 오래된 동네의 지붕들이 내려다보였다. 밤이면 그 지붕들 위로 달처럼 십자가가 떴다. 나는 창 아래서 책을 읽거나 일기를 끼적이거나 라디오를 듣다가 고개를 들어 밤의 지붕들을 바라보곤 했다. 새벽녘까지 깨어 있는 날이면 종종 늦게까지 불 켜진 창들의 주인은 누구일까 상상하기도 했다. 저 창에서 바라보는 풍경은 또 어떨까. 나와 마찬가지로 불 켜진 다른 창들을 궁금해하기도 할까 하면서.

세 번째 창은 다세대주택 1층에 있었다. 옛날 집 안방이라 제법 크게 난 창으로는 주인집 마당의 감나무가 내다보였다. 그 나무 덕분에 여태껏 살았던 어떤 집에서보다도 쉬이 계절의 변화를 눈치챌 수 있었다. 창 너머 가지 끝에 연둣빛 새순이 올라온 것을 보며 봄을 예감했고, 작은 전등갓처럼 안쪽을 환히 밝힌 감꽃을 보며 여름을 예감했다. 가을이면 탐스런 감들이 발갛게 익어 배고픈 새들을 불러 모았다. 겨울이면 아침마다 커튼을 젖히면 나뭇가지에 소복이 눈이 쌓여 있을 풍경을 상상하기도 했다. 커다란 창이 마당을 향해 열려 있는 그 방이 내겐 어느 곳보다 제일 '집' 같았다.

네 번째로 가진 창은 3.5층에 있었다. 큰 창은 아니었지만, 길게 뻗은 골목길을 향해 있어 앞 건물에 시야가 가리지 않는 위치라 좋았다. 꼭대기 층이어서인지 그 창으로는 유난히 골목의 크고 작은 소리들이 잘 넘어 들어왔다. 친구 이름을 부르며 해 지는 골목길을 달려 내려가는 아이들 소리, 길 위로 차닥차닥 발바닥 부딪치는 소리를 내며 걷는 커다란 개, 서늘한 바람이 불기 시작하는 늦가을부터 겨울이 다 가도록 골목길 구석구석을 누비며 "찹쌀떠억"을 외치는 아저씨, 일요일 아침마다 경쟁하듯 잠을 깨우던 과일 트럭과 채소 트럭의 확성기 소리……그 소리를 들으며 침대에 누워 있을 때면 생각했다. 이 집을 떠나면, 이곳에서 보낸 시간은 창을 통해 흘러 들어오던 소리들로 기억되겠지 하고.

그리고 더 많은 창을 기억한다. 내가 잠시 가졌던, 한 시절의 풍경을 담고 있는 창들. 창이 나를 매료시킨 이유도 어렴풋이 알 것 같다. 창은 지금 이 순간의 세상만을 담는다. 흘러가고 있는 시간 중에 바로 지금, 세상의 풍경 중에서도 단지 이만큼만. 두 손을 겹쳐 모아 샘물을 떠올리듯, 현재에서 이 순간과 풍경만을 오롯이 떠내어 보여준다. 어쩌면 무언가를 기억한다는 것은 그때 그 순간을 그런 식으로 마음속에 담아두었다는 뜻이리라. 내가 지나간 한 시절을 그때 살았던 창가의 풍경으로 기억하듯이.

오래전 여행을 하며 창문 바깥에 서서 안쪽을 그리워하던 나는, 이제 생활을 하며 창문 안쪽에서 바깥을 바라보며 생각한다. 꼭 멀리 갈 필요는 없는 거라고. 산다는 건 어디에 있든 무엇을 하든, 지금 눈앞의 세상을 잘 담아두는 일이라고.

그래서 오늘도 불 밝힌 5층 창가에 앉아 조용히 창문 너머 풍경을 본다. 해가 뜨고, 또 지고, 계절이 흐르는 지금 내 눈앞의 유일한 세상을. 시간이 지나면 그리워질 것이 분명한 나의 다섯 번째 창 곁에서.

어디서든 홀로 걷는 나를 이끈 것은 다정한 뒷모습들이었다. 땀이 배어나는 줄도 모르고서 겹쳐 잡은 손, 서로를 챙기는 것이 습관이 된 사람들, 세월의 더께만큼 이해가 쌓인 사이……. 많은 것을 짐작하게 하는 뒷모습들은 알 수 없는 안도감을 주었다.

나는 왜 그렇게 뒷모습을 찍곤 했을까

낯선 나라, 낯선 골목길에서 나는 때로 종종걸음으로 걷곤 했다. 가만히 따라 걷고 싶어지는 뒷모습을 만날 때 그랬다. 같은 방향으로 걷는 것만으로 평온한 마음이 들게 하는 뒷모습들이 있었다. 적고 보니 좀 수상하지만 함께 걷는 일, 그게 전부였다. 그렇게 걷다가 탁 트인 광장이나 전망대, 바깥 자리에 앉고 싶어지는 카페를 만나면 아쉬움 없이 걸음을 멈추었다. 나를 여기까지 이끈 뒷모습들은 그대로 멀어져 갔다. 때로 뒷모습들은 그런 식으로, 결코 만나지 못했을 풍경에 나를 데려다주기도 했다. 혼자만 아는 동행의 결과치고는 제법 근사한 우연이었던 셈이다.

어디서든 홀로 걷는 나를 이끈 것은 다정한 뒷모습들이었다. 그런 뒷모습을 한 번도 앞지른 적이 없다. 말없이 그 뒤를 걷는 것이 좋았기 때문이다. 땀이 배어나는 줄도 모르고서 겹쳐 잡은 손, 서로를 챙기는 것이 습관이 된 사람들, 세월의 더께만큼 이해가 쌓인 사이……. 많은 것을 짐작하게 하는 뒷모습들은 알 수 없는 안도감을 주었다. 이를테면 아껴 읽던 소설책의 마지막 장을 덮을 때의 기분 같은 것. 그래, 세상엔 이런 이야기도 있겠지, 믿고 싶어질 때의 그런 기분.

그것이 아마 나쁜만은 아닐 거라고 조심스레 짐작해본다. 어느 여행자의 사진 속에나 누군가의 뒷모습이 담겨 있을 것이다. 눈길을 머물게 한 다정한 뒷모습, 골목 끝으로 사라질 때까지 한참을 바라보게 하던 뒷모습, 광장의 노을이나 오래된 거리와 너무 잘 어울려서 찍어두었던 뒷모습……. 뒷모습엔 말이 없는 대신 가만한 표정이 있다. 다른 이에게 보이는 것을 신경 쓰지 않는, 무엇을 보이는 줄도 모르고 보여주는 그런 표정. 그 표정은 자주, 혼자 걷던 여행자에게 친구가 되어주었다.

> 자기의 눈으로는 결코/ 확인이 되지 않는 뒷모습
> 오로지 타인에게로만 열린/ 또 하나의 표정
>
> —나태주, 「뒷모습」 중에서, 『사랑, 거짓말』, 푸른길, 2013

시인이 말한 것처럼 뒷모습이 지닌 운명이란 내 눈으로는 결코 확인되지 않는, 오로지 타인에게로만 열린 표정이라는 것이다. 내 것이지만 평생토록 나만은 결코 볼 수 없는 진짜 표정. 그

말은 곧, 우리의 진짜 표정을 보아줄 수 있는 것은 타인뿐이라는 말 같다. 그러니 이토록 무방비한 표정을 지닌 것을 다행이라 해야 할까.

▌뒷모습을 다시 불러 세우는 일

영화 『레인 오버 미Reign over me』에서 앨런은 길을 가다 우연히 대학 시절 룸메이트였던 찰리의 뒷모습을 보고 소리쳐 그를 부른다. 그의 소식을 멀리서나마 전해 들은 적 있는 앨런은 그가 염려스럽다. 수년 전, 비행기 사고로 아내와 세 딸을 잃은 후, 찰리는 스스로를 유폐시킨 지 오래다. 이를테면 그는 세상의 기준에서 '고장 난' 사람이다. 사람들과의 만남을 피하고, 방 안에 틀어박혀 게임에만 몰두하며, 주방의 페인트색을 끊임없이 바꾸고, 세상을 차단하고 싶을 때마다 헤드폰의 볼륨을 크게 높인다. 마음이 망가질 대로 망가진 찰리는 수시로 폭발해 앨런을 곤란하게 만들고, 타인의 고통에 전혀 공감하지 못해 앨런에게 상처를 준다(앨런이 아버지의 부고 소식을 전하는 순간에도 찰리는 아무 일 아니라는 듯 밥이나 먹으러 가자고 말한다).

이제 어떻게 해야 할까. 그는 더 이상 내가 알던 그 사람이 아니며, 나아지리란 희망도 보이지 않는데. 다시 모르고 지내던 때로 돌아가 그를 잊고 살 수도, 일찌감치 그를 포기해버린 이들의 말대로 전문시설에서 필요한 치료를 받게 할 수도 있다. 쉬운 선택을 두고, 앨런은 끝까지 그의 곁에서 그가 스스로 자신의 상처를 바라볼 수 있도록 돕는다.

단지 아름다운 결말에 이르기 위한 선택이었다 해도, 엔딩 크레디트가 올라가는 동안 묻지 않을 수 없었다. 나는 '기다려줄 수 있는' 사람일까. 아무리 변하고 망가진 모습이라 해도, 내가 기억하고 있는 지난 모습을 잊지 않고서, 지금의 너도 분명 너니까, 내버려두지 않고, 포기하지 않고, 함께 있을 수 있는 방법을 지치지 않고 찾아낼 수 있을까. 물어보면, 자신이 없었다.

변한 누군가를 포기하기란 그리도 쉽다. 내가 나빠서가 아니라, 네가 더 이상 내가 알던 그 사람이 아니기 때문이라고 탓하기란 얼마나 쉬운가. 너 스스로도 포기해버린 너를, 내가 어떻게 포기하지 않겠느냐고 말하기란 얼마나 편한가. 영화는 묻는다. 어쩌면 그동안 우리는 너무 쉽게 포기해온 사람들이 아닌가 하고.

처음 앨런은 길거리에서 우연히 본 찰리를 향해 소리쳐 그를 불렀다. 늘 헤드폰을 쓰고 다니는 찰리는 그대로 멀어지지만 그는 부르길 멈추지 않는다. 찰리가 들을 때까지. 혹은 들을 수 없다고 해도. 첫 번째는 실패했지만, 두 번째에는 그냥 멀어지는 것 같던 찰리가 모퉁이를 돌기 직전 멈춰 선다. 두 사람은 그렇게 만났다. 어떤 부름은 그렇다. 아주 멀어질 것 같던 뒷모습을 기어코 불러 세운다. 끝끝내 기다려, 마주 보게 만든다.

▎ 내게는 언제까지고 아플 뒷모습

뒷모습에 대해 말하다 보면 결국 도착하는 곳은 내 맘에 가장 오래 맺혀 있는 뒷모습이다. 내가 가장 사랑하는, 그러나 동시에 그 이유로 나를 가장 외롭게 하는 뒷모습. 어쩌면 뒷모습은 우리에게 더 늦지 않을 어떤 '기회'를 주기 위해 그토록 멀어지기만 하는 걸까.

이를테면 나는 복잡한 서울의 터미널에서 나를 기다리는 엄마 아빠의 뒷모습을 볼 때 외로워졌다. 서울에 올라온 아빠가, 전철 개찰구에서 내가 준 교통카드를 손에 쥐고서 오른쪽으로 들어가야 할지 왼쪽으로 들어가야 할지 망설일 때 외로워졌다. 기다란 전철 좌석에 짐처럼 불편하게 앉아 어서 빨리 내리고 싶은 얼굴을 할 때 외로워졌다. 몇 년에 한 번씩 서울에 올라오는 부모에게 궁이라든가, 한강이라든가, 그런 것을 보여주고 싶은 것은 그저 내 욕심이었다. 내가 주고 싶은 것들은 늘 그들을 불편하게 하는 것 같았다. 세월은 우리를 다 함께 데려가지 않고 혼자만 저만치 앞서가곤 한다. 어린 나를 낯설고 새로운 곳에 데려가주던, 손을 놓치면 불안해 그만 울음을 터뜨리게 만들던 그 커다란 부모는 어디서부터 뒤처진 걸까.

아빠가 창이 하나뿐인 내 자취방에 앉아 '이 좁은 곳에서 사람이 어떻게 사느냐'며 혼잣말했을 때, 나는 외로워졌다. 조그만 창 앞에 서서 바깥을 내다보는 아빠의 뒷모습은 커 보이다가도 작아 보였다. 창을 열면 건너편 건물 벽에 이내 시야가 막혀버리는 좁은 방이 아빠를 갑갑하게 한다는 걸 알 수 있었다. 문을 열면 마당이, 들판이 내다보이는 게 아빠에겐 '집'이었다. 이도시에서 내가 가진 것들 중엔 부모에게 권할 만한 것이 별로 없었다. 그래도 그날 밤엔 좁은 방에서 옛날처럼 다 같이 어깨를 포개고 자도 좋았으련만, 아빠가 끝끝내 막차를 타고 고향으로 내려가겠다고 고집을 부렸을 때, 그것이 아빠의 속상하고 낯선 마음인 것도 알아서 외로워졌다.

터미널에만 가면 엄마 아빠는 나를 먼저 보내지 못해 성화다. 바쁜 애가 어서 들어가라고, 그저 보내려는 마음 앞에서 나는 그보다 더 고집을 부린다. 버스가 들어오고, 차창에 붙어 앉은 엄마와 아빠가 손을 흔들고, 버스가 출발하고, 멀어지고 멀어져서 사라질 때까지 나는 서 있다. 뒷모습을 보이지 않는 것. 한참 멀어진 뒤에 돌아보더라도 여전히 거기 있는 것. 보지 않아도 손 흔드는 것. 그것이 내가 배운 사랑이라는 듯이. 뒷모습이 우리에게 사랑을 가르친다면 그런 방식일 것이다.

맥주는 말하는 것 같다. 너무 걱정할 필요 없어. 더 나은 사람이 될 필요도 없어. 지금 맥주 한 잔이 주는 작은 기쁨을 밀어두지 않은 너는, 너에게 충분히 좋은 사람이야.

┃ 나에게 잘해주는 하루, 모닝 맥주의 시작

라일레이에 가야겠다고 마음먹은 건, 한 장의 사진 때문이었다. 막연히 '맥주가 있는 해변' 어디쯤을(그렇지 않은 해변도 있을까마는) 검색하던 나는 이리저리로 흘러들다가 그 사진을 발견했다. 사진 속에는 조그만 해변 바Bar가 담겨 있었다. 바라고는 하지만 바텐더가 음료를 내어주는 좁은 나무 선반이 가게의 전부였고, 모래사장 위로 펼쳐진 돗자리 몇 개가 테이블을 대신하고 있었다. 뭐랄까, 둘이 겨우 어깨를 붙이고 앉으면 끝인 비좁은 돗자리가 바의 테이블이라니, 그 사실이 조금 뻔뻔하게 느껴지면서도 재미있었다. 어차피 해변에 앉을 거라면 모래 위에 앉든 돗자리 위에 앉든 뭐가 다를까 싶기도 했는데 사람들이 부러 거기에 꼬깃꼬깃 앉아 있는 게 귀엽기도 했다. 아무튼 그 귀여운 해변의 여행자들은 모두가 나란히 노을 지는 바다를 향해 앉아 맥주나 칵테일을 마시고 있었다. 사진이니 당연하지만 그 풍경이 무척이나 고요해 보였다. 해가 지는 걸 보니 서쪽 해변이구나, 생각한 것과 동시에 저 사람들 틈에 함께 앉아 있고 싶단 조바심이 마음속을 휘저었다. 내가 찾던 '맥주가 있는 평화로운 해변'이 바로 그곳인 것만 같았다.

그렇게 찾아간 라일레이 비치는 태국 끄라비Krabi에 있는 작은 해변이었다. 섬은 아니지만, 육지에서 이어지는 곳이 온통 바다에 면한 암벽이라 배를 통해서만 닿을 수 있는 곳. 지도로 짐작할 때에도 그리 넓지 않을 거라 생각했지만, 라일레이는 10분 정도면 동서를 가로지를 수 있을 만큼 작은 곳이었다. 그런데도 동쪽과 서쪽의 풍경이 사뭇 달라 마치 몇 걸음 만에 전혀 다른 두 곳을 여행하는 기분이 들기도 했다. 롱테일 보트가 드나드는 서쪽은 아름다운 해변을 따라 우뚝 솟은 기암괴석이 펼쳐져 있고, 로컬 식당과 여행사 등이 모여 있는 동쪽은 밀물과 썰물에 따라 표정을 달리하는 개펄 위로 맹그로브 나무들이 비현실적인 풍경처럼 서 있었다. 그중에서도 조식을 먹는 숙소의 레스토랑은 서쪽에서 가장 멋진 풍경을 향해 열려 있었다.

우리 방은 동쪽에 면해 있어 아침이면 숙소 산책로를 가로질러 반대쪽 끝으로 가야 했는데, 야자수 사이로 서쪽 해변의 풍경이 조금씩 드러나다 마침내 눈앞에 짠 하고 펼쳐질 때마다 나는 한 번도 빼놓지 않고 첫날인 것처럼 감탄했다. 물론 그래도 가장 놀란 건 첫날 아침이었다. 조식 먹는 자리가 대체 이럴 일인가…… 싶어지는 풍경 앞에서, 어쩔 수 없이, 정말 그러지 않을 도리가 없어서, 맥주를 시켰다. 그것이 모닝 맥주의 시작. 그전까지만 해도 그래도 맥주는 낮술부터, 라는 고지식한 생각을 가지고 있었는데, 모닝 맥주를 트고 나니 그건 정말 쓸데없이 혼자서 마음에 그어놓은 금에 불과했다.

모닝 맥주의 아름다움이란 이런 데 있다. 아침 무렵 아직 잠에서 덜 깬 정신과 적당히 허전한 빈속에 맥주가 짜르르 채워지는데, 그 순간 먼 바다에서 시원한 바람이 불어와 얼굴을 스친다. 일상을 통틀어 내가 삶을 가장 낙관하는 순간이 있다면 바로 그 순간일 것이다. 이곳은 여행지이고, 오늘은 아무 계획 없이 비워둔 첫날 아침이며, 이 여행이 끝날 때까진 무엇도 걱정할 필요가 없고, 그런 걱정 없음의 상징과도 같은 모닝 맥주를 마시고 있는데 마침 바람까지 불어주면 그곳이 어디든 최고의 장소가 되고 마는 것이다. 그런 순간을 반복해서 경험하면서, 나는 좋아하는 것들을 꼽아두는 마음속 리스트에 '여행지에서 마시는 모닝 맥주'를 올려두게 되었다. 몇 년째 1위 자리를 유지 중이다.

나중에 회사에서 에디터 한 줄 소개글을 등록하라기에 곧이곧대로 '여행지에서 마시는 모닝 맥주를 사랑합니다. 짠'이라고 써두었더니, 가끔 인사를 들을 때가 있다.

"아, 그 모닝 맥주……."

"네, 제가 바로……."

어색한 인사 뒤 그게 왜 인상에 남은 것일까 곰곰이 생각해보았는데 역시 아침 댓바람부터, 잠도 덜 깬 간으로 맥주를 마신다는 대책 없음 때문인 것 같다. 모닝 맥주라니, 이 사람 좀 될 대로 되라잖아? 역시 사내 프로필로는 적절치 않았지만, 어느 정도 사실이기도 하니 억울할 건 없는 셈.

모닝 맥주는 모름지기 오늘만 사는 사람의 음료니까. 해변이든 숙소 테라스든 로컬 식당이든 모닝 맥주를 마실 때면, 가벼운 다짐을 한다. 일단 오늘을 즐겁게 보내자. 그리고 내일이 오면, 일단 내일치의 오늘인 하루를 또 즐겁게 보내보자. 그러다 보면 실은 엉겁결에 매일 즐거운 오늘만을 보내다 여행이 끝나지 않을까……?

물론 여행이라는 게 그렇게 호락호락하지 않다. 그곳에서도 신경 써야 할 일은 생기고, 따끈따끈한 후회가 새로 만들어지며, 남들 앞에서 금세 의기소침해지는 자신이 싫어질 때도 많다. 하지만 그럼에도 불구하고 아니 어쩌면 그렇기 때문에, 모닝 맥주는 말하는 것 같다. 너무 걱정할 필요 없어. 더 나은 사람이 될 필요도 없어. 지금 맥주 한 잔이 주는 작은 기쁨을 밀어두지 않은 너는, 너에게 충분히 좋은 사람이야.

▎맥주의 훌륭함으로 말할 것 같으면

이런 식으로 맥주 얘기를 늘어놓다 보면, 뭐야 그냥 주정뱅이 잖아…… 하며 맥주의 순기능을 의심할 것이 뻔하다. 하여 조금 더 진지하게 고찰해본 결과, 맥주의 훌륭함에는 아래와 같은 일 목요연한 근거들이 있다는 것을 발견했다.

우선 모닝 맥주도 그렇지만, 스트레스를 받은 뒤에 마시는 맥 주엔 특별한 기능이 있다. 바로 만성 스트레스로 인해 높아진 혈중 코르티솔 농도를 낮춰준다는 것이다.

물론 농담이다. 그랬으면 좋겠다.

그런데 어쩌면, 그렇지도 않은 주제에 마치 그런 기분을 들게 한다는 데 맥주의 이로움이 있는 것은 아닐까! 그날 하루 무슨 일이 있었든 누구와 있든 맥주를 한 모금 마신 뒤의 내 상태는 늘 한결같기 때문이다.

'역시 오늘 걱정은 내일 해야 제맛……'

해 지는 하늘은 예쁘고, 바람은 살랑살랑 불고, 맥주는 시원 하고, 이대로도 충분히 괜찮다는 생각이 든다. 때문에 평소 쓸 데없는 걱정과 생각이 많은 사람일수록 맥주가 주는 낙관의 힘 이 필요하다(는 게 내 생각이다). 왜냐하면 지금 마시는 맥주는 지 금만 생각하게 해주기 때문이다. 방금 테이블 위에 탁, 하고 놓 인 시원한 맥주 한잔 앞에서는 내일이 마감이라는 사실이나 낮에 들은 마음 상하는 말 같은 건 금세 별것 아닌 일이 된다. 이대로 모든 일이 다 잘 풀릴 것 같기도 하고, 옆 테이블의 유쾌한 사람들로 둘러싸인 세상은 살아볼 만한 곳 같고, 낮 동안 아등바등했던 마음 같은 건 어쩐지 바보 같아진다.

맥주가 내게 준 가르침은 실로 단순하다. 아등바등하면? 아등바등하는 인생을 살게 되겠지. 즐겁게 살면? 즐거운 인생을 살게 되겠지. 그러므로 이왕이면, 좋은 쪽을 택하는 것이 낫다.

둘, 맥주를 한 잔 마신 상태의 내가 낫다.

어쩐지 점점 주정뱅이 같아지는 소리지만…… 10년이 넘도록 관찰해본 결과 맥주를 한잔 마신 상태의 내가 안 마신 상태의 나보다 낫다. 좀 애석하지만 사실이다. 우리 집안은 태생적으로 내향성의 피가 진하게 흘러 명절이면 텔레비전을 향해 온 친척이 데면데면하게 앉아 있곤 했는데 술잔이 한차례 돌고 나면 이상하게 다들 유쾌해졌다. 평소라면 쑥스러워 묻지 못했을 속 깊은 안부도 묻고, 모두를 와르르 웃게 하는 농담도 하고, 낯선 사람이 찾아와도 환대하며 선선히 섞여 앉아 있고.

그런 분위기 속에서 자란 탓에 그 좋다는(?) 술을 서둘러 배웠고 대대로 이어져온 내향성을 뚫고 신나! 신나! 하는 성격에 이르렀다. 맥주를 마시면 평소 조이고 살던 맨정신이라는 나사를 한 바퀴 정도 느슨하게 풀어놓은 상태가 되는데, 실은 딱 그 정도의 태도로 살아가는 것이 나에게도 남에게도 좋은 것이 아닌가, 생각하게 된다. 그럴 때의 나는 낯가림은 줄고, 농담은 늘고, 누가 내 무릎에 술을 쏟아도 하하하하, 웃는 사람이니까. 맥주를 마시지 않았더라면 아무래도 지금보다 재미없고 지루한 사람이 되었을 것 같다.

셋, 맥주가 가능하게 한 인생이 있다.

그러고 보면 맥주는 내 인생에 많은 것을 주었다. 낯가림을 지워 좋은 친구도 만날 수 있게 해주었고, 이미 충분히 알고 지낸다고 생각했던 사람과 깊은 대화도 나눌 수 있게 해주었다. 새로운 꿈을 꾸게 해주었고, 좋은 다짐들을 하게 해주었고, 오래 기억할 추억도 만들어주었다. 적어도 내게는 맥주 때문에 가능했던 시간이나 관계 같은 것들이 있다.

그리하여 맥주를 마시며 좀 더 나은 인간이 되었다고 하면 너무한가. 거창하게 썼지만, 알고 있다. 맥주를 좋아한다고 말할 때 사실 나는 현재를 살 줄 아는 나를, 좀 더 자유롭고 유쾌해진 나를, 이제 삶에서 알 만한 건 다 알아버렸다는 태도로 문을 닫아걸지 않고 여전히 새로운 사람을 만나고 새로운 꿈을 꾸기도 하는 나를 좋아하고 싶었을 것이다. 실제로 그런 나를 꺼낼 수 있어 좋아했을 것이다.

그러니까 실은 맥주가 아니어도 상관없다는 것. 무엇이든, 자신을 평소의 자신보다 조금 더 좋아지게 만드는 것이 있다면 그것을 좋아하자. 아주 많이 좋아해버리자.

　그럼 그 무언가가 모르는 사이 인생을 서서히 바꾸어놓기도 한다. 그건 아마 좋은 나를 조금씩 연습할 수 있어서일 것이다. 좋은 나를 만나고 알아가고 연습한 기분은 내 속에 남아 나를 차츰 그런 사람으로 만든다. 그리고 언젠가는 '그것' 없이도 좋은 내가 되겠지. 아직은 그런 단계에 이르지 못해, 이 글은 사실 맥주 한 캔을 마시며 썼다.

서울은 늘 내 생각보다 더 넓고, 여전히 모르는 곳이 많다. 10년을 넘게 살고 있지만 아직 구석구석 가보지 않은 골목길이 많다는 것. 지금도 무작정 버스를 타고 가다가 내리면, 어디서든 굽이굽이 이야기를 품고 있는 낯선 골목이 펼쳐질 거라는 것. 변함없이 그 사실이 나를 설레게 만든다.

▌아직 낯선, 그러나 차차 익숙해질 동네에서

굳이 마음먹고 어디로 가지 않아도 낯선 동네를 산책하게 되는 순간이 있다면, 새로운 동네로 이사를 왔을 때다. 첫째 날이 정신없이 지나가고 이튿날 짐 정리를 대충 끝내고 나면, 홀가분한 마음으로 가장 먼저 산책에 나선다.

집을 구하러 왔을 때의 서먹한 기분과는 달리, 정식으로 이 동네와 인사를 나누는 기분이 든다. 별다른 일이 없는 한, 앞으로 2년 동안은 마음을 붙이고 살게 될 동네. 그 구석구석을 파악하는 일에는 늘 차분한 설렘이 있다. 이제부터 하나씩 알아갈 것이 많은 사이여서일까.

첫날 기억해두게 되는 것들은 주로 나의 행동반경에 따른다. 집에서 가장 가까운 슈퍼와 카페는 어디쯤 있는지, 편한 차림으로 나와 맥주 한잔할 만한 가게는 있는지, 밤바람이 좋은 날

산책하러 나올 개천이나 공원은 또 어디 있는지 꼼꼼히 살펴두게 된다. 아직 아무것도 해보지 못했기 때문에, 그렇게 발견하게 된 장소마다 나를 그려 넣어보는 일도 즐겁다. 이 카페엔 문턱이 닳도록 들락거리겠구나. 저 편의점 파라솔 아래선 여름 내내 맥주를 마셔야지.

그 후에는 모든 '처음'을 하나씩 지워가며 낯선 동네에 차츰 익숙해져 가게 된다. 두 마리 푸들이 있는 세탁소에 처음으로 옷을 맡긴 날, 개천 산책로를 처음으로 달리며 적당한 반환 지점을 마음속으로 정해둔 날, 언덕 꼭대기에 위치한 동네 도서관에서 처음으로 책을 빌린 날 등이 차례로 일상을 지나간다. 그러는 동안 푸들 두 마리의 이름을 알게 되고, 개천의 징검다리 개수를 알게 되며, 도서관 카페의 커피 맛도 알게 된다.

그렇게 익숙해진 동네에도 신기하게 늘 모르는 구석은 남아 있기 마련이다. 그때마다 '우리 동네'는 또다시 처음 만난 날의 낯선 동네가 된다. 처음부터 이 동네에 터를 잡고 살아온 사람이 아니어서일까. 살게 된 지 한참이 지난 어느 날 문득, 이를테면 부슬비 속에서 우산을 들고 산책하다가 뒷동산으로 향하는 오솔길(나만 빼고 다들 이용하고 있었던 것 같은!)을 발견하고 놀라고 마는 것이다. 여태 내가 몰랐던 구석이 있다는 것은 아직 내가 모르고 있는 구석이 더 많으리란 걸 짐작케 했다.

그러니 '알 만큼 안다'는 말은, 사람에게도 장소에게도 함부로 쓸 수는 없는 말이 아닐까. 누군가를 알려거든 네 개의 계절을 함께 지내보란 말 역시. 익숙해졌다고 생각하는 순간 낯설어지는 이 도시를, 계절이 바뀔 때마다 새로운 풍경을 보여주는 동네를, 나는 아직 다 안다고 말할 수가 없다.

▌ 차차 익숙해질, 그러나 영영 낯선 도시에서

돌이켜 보면 이런 동네 산책의 시작은 열아홉의 겨울에 있는 것 같다. 그해 겨울, 시골의 부모님 집을 떠나 서울에 홀로 올라왔을 때는 모든 것이 낯설었다. 말하자면 그때는, 서울이란 도시 전체가 내가 앞으로 살게 될 '낯선 동네'였다. 모든 것이 낯설었으므로, 모든 곳을 알고 싶었다. 어쩌면 그저 시간이 너무 많아서였는지도 모르겠다. 열아홉에서 스물 사이, 수능을 치르고 졸업을 기다리던, 어른이 되기 전 잠시 머무르는 대기실 같았던 그 시간은 말 그대로 텅 비어 있어서 무엇을 해도 느리게 흘렀다.

그 시간을 메우기라도 하듯, 그 무렵 나는 발길 닿는 대로 걸어 다녔다. 걸어야 이 도시를 알 수 있을 것 같았다. 처음 가보는 아무 동네나 찾아가 날이 저물도록 걷고서 나중에 내가 걸어온 길이 어디서부터 어디까지였는지, 어떤 다리나 공원들을 지나왔는지 지도로 확인할 때면 그제야 이 도시와 조금 친해진 기분이 들곤 했다. 익숙해지면 그치게 될 줄 알았던 산책은 그 후로도 내내 이어져서, 지금은 서울을 살아가며 느끼는 작은 즐거움 중 하나가 되었다.

그때처럼 일부러 낯선 곳을 찾아가는 일은 줄었지만, 취재를 하러 혹은 약속이 있어 가게 된 동네가 처음 와보는 곳이면, 일을 마친 후나 누군가와 헤어진 후 습관처럼 골목골목을 걸어보곤 한다. 무언가를 알고 싶어서라기보다 오늘 처음 도착한 이방인처럼, 보이는 모든 것을 기억하고 싶어 하는 여행자처럼 여전히 이 도시를 걸을 수 있다는 사실이 좋은 것 같다.

어디를 걷든 낯선 동네를 산책하는 즐거움은 그곳에서 살아가는 이들의 삶을 넌지시 짐작하는 데에 있다. 5월의 장미가 흐드러지게 핀 담벼락 아래 제각각 놓인 의자를 보면, 이곳에 나와 볕을 쬐며 앉아 있을 할머니들을 짐작한다. 길냥이를 위한 물그릇과 밥그릇이 놓인 골목은 어딘가 다정하게 느껴지고, 양철 간판에 세월의 때가 잔뜩 낀 지붕 낮은 식당을 볼 때면 낮이나 밤이나 이곳에서 반주를 기울이며 매양 비슷비슷한 얘기를 나눌 동네 할아버지들을 떠올린다.

그럴 때면 내가 알기 전부터 이곳에 쌓이고 있었던, 앞으로도 그렇게 쌓일 이 동네의 시간을 잠시 엿본 기분이 든다. 생각해 보면, 세상의 모든 구석이 그럴 것이다. 우리가 모르는, 한 번도 가보지 못한 곳에서도 삶은 흐르고 누군가는 웃거나 울거나 다

투거나 화해하며 매일을 이어간다. 결코 모든 골목을 걸어볼 수는 없는 우리를 대신해, 시간이 그곳을 걷고 있기라도 한 듯이.

▌이 이야기를 기억해두었다가 언젠가 들려주어야지

이런 취미 덕에 내 사진 폴더 속에는 낯선 동네의 한 구석을 찍은 사진들이 많다. 화분이나 마당의 나무처럼 누군가 공들여 돌보는 식물을 찍은 사진들이 가장 많고, 시간이 오래 쌓여야만 만들어지는 낡고 빛바랜 풍경을 담은 사진이 그 다음으로 많으며, 담벼락 아래나 대문 앞에 내어둔 빈 의자 사진도 많다. 우연히 발견하고 멈춰 서서 가만히 바라보며 느꼈던 기분이 고스란히 떠오르는 사진들도 있다. 그것은 어떤 마음이었을까, 나는 왜 이런 사진들을 찍어두었을까, 생각해보면 결국 이 이야기를 언젠가 누군가에게 들려주고 싶었던 것 같다.

그 오래된 동네엔 좁은 골목길들이 많았다고. 두 사람이 지나가려면 한 사람이 담벼락에 어깨를 붙이고 기다려주어야 할 만큼 좁은 길도 있었는데, 아이들은 누구 하나 길을 잃는 법 없이 그 골목에서 나오고 또 그리로 들어가곤 했다고. 자전거를 타고 좁은 골목길로 들어서는 아이가 있으면 맞은편에서 누가 오고 있지나 않을까 괜한 걱정이 들기도 했었다. 세 갈래 골목길이

한 점으로 모여드는 곳에는 그 동네에 하나밖에 없는 슈퍼가 있었다. '할머니 슈퍼'라는 이름을 달고서 정작 앉아 있는 건 파마머리 아저씨뿐이라 의아했었는데. 저 아저씨가 엄마 혹은 할머니라 부르는 이가 간판의 주인일 테지. 그럼 얼마나 오래된 가게일까? 좁은 골목이 낳은 얼마나 많은 아이들이 슈퍼로 뛰어들어가며 "할머니!"를 외쳤을까?

낯선 동네를 산책하며, 한자리에 조금 오래 앉아 있기만 해도 알 수 있는 것들. 지나치며 볼 때는 아무것도 아닌 의자와 화분이지만 실은 그냥 있는 의자, 그냥 있는 화분은 하나도 없다는 것. 그 모든 것들에 주인이 있고, 저마다의 이야기를 품고 있다는 것.

그래서 나는 더 기억해두고 싶었나 보다. 별것 아닌, 그러나 누군가가 살아낸 것이 분명한 삶의 자리들을 보아두었다가 '언젠가 생각나면 들려주어야지' 마음먹었나 보다. 멀리 여행 다녀온 친구가 생각날 때마다 낯선 도시의 이야기를 들려주듯이.

그러니 나는 앞으로도 여전히 좋아할 것이다. 처음 와보는 동네, 한 번도 오른 적 없는 언덕, 비슷한 듯 모두 다른 골목길, 그 구석구석을 걷다가 누군가의 삶을 짐작해보곤 하는 산책을.

나무가 서 있는 곳은 어디든 나무의 제자리로 여겨진다. 그래서일까. 나무를 바라보고 멈춰 서서 찍어온 지난 시간 동안 나는 차츰 내가 되고 싶어졌다. 내가 아닌 무언가가 되려 애쓰는 대신 더욱더 내가 되어야지 하고. 자꾸자꾸 오래오래 그저 자기 자신이 되어가는 나무처럼.

▎나무보다 이 자리에 어울리는 것은 없어

나무를 좋아한다. 좋아하면 자주 보인다. 일상을 지나다 문득 저 나무 좀 봐! 말하며 멈추게 되는 순간이 많아진다. 멀리서라도 커다란 나무를 발견할 때면, 마음이 천천히 걸음을 늦추는 게 느껴진다. 좋다, 하고 올려다본 곳엔 그저 말 없는 나무가 서 있을 뿐이지만. 품 안에 작은 새들을 수없이 숨겨주는 가지 많은 나무들, 강물에 발 담그고서 가만히 바람을 쐬고 있는 미루나무, 팔을 뻗어 감싸 안으려면 서너 바퀴는 돌아야 하는 커다란 느티나무……. 나보다 오래 살았고, 앞으로도 나보다 오래 살아갈 나무들을 보는 일이 좋다.

강가든 거리든 언덕이든 나무에게 어울리지 않는 자리를 한 번도 본 적이 없다. 나무가 서 있는 곳은 어디든 나무의 제자리로 여겨진다. 그래서일까. 나무를 바라보고 멈춰 서서 찍어온

커다란 나무가 있는 자리

지난 시간 동안 나는 차츰 내가 되고 싶어졌다. 내가 아닌 무언가가 되려 애쓰는 대신, 더욱더 내가 되어야지 하고. 자꾸자꾸 오래오래 그저 자기 자신이 되어가는 나무처럼.

겨울에 떠나 여름에 도착한 1월의 치앙마이에서는 어디서든 푸른 나무를 만날 수 있었다. 좁고 낡은 골목길, 차도를 새카맣게 메우는 스쿠터와 차들의 행렬…… 올드시티는 결코 평온하다고 말할 수 없는 곳이었다. 자칫 숙소 위치를 잘못 잡으면 밤새 소음에 시달릴 수 있다는 후기가 이해됐다. 그런데도 치앙마이 하면 고요한 인상부터 떠오르는 것은 모두 나무 덕분이다.

무엇보다 그곳에는 내가 좋아하는 커다란 나무들이 아주 많았고, 그 나무들은 무심하게 거리에 툭툭 서 있었다. 아주 오래전부터 이 도시를 알아온, 이 땅에 발을 굳건히 붙이고 살아온 누군가만이 지을 수 있는 표정으로. 세월을 가늠할 수 없는 커다란 나무들이 지붕을 뚫고 혹은 사원이나 공방 한가운데 우뚝 서 있는 모습은 반갑기도 하고 생경하기도 해서 자꾸 셔터를 누르게 됐다.

그것은 치앙마이만이 가진 독특한 인상이기도 했다. 그러니까 집을 짓고 길을 내야 하는데 거기 하필 나무가 있었다는 느낌이 아니라, 나무가 있는 자리에 사람들이 양해를 구하는 마음으로 집을 짓고 길을 낸 것 같았다. 나무가 살아온 세월이 사람보다야 훨씬 오래일 테니 틀린 말도 아닐 것이다.

▎먼 미래에 나처럼 나무를 올려다볼 누군가 있다면

『위대한 생존』이라는 책이 있다. '세상에서 가장 오래 살아남은 나무 이야기'라는 부제가 달린, 커다란 판형의 책. 가끔 이 책을 펼치고 그 속의 나무들을 들여다본다. 그럼 마음이 고요해진다. 울적한 기분도, 낮 동안 내 안에서 자글자글 끓었던 부정적인 감정들도 이 오래된 나무들 앞에서는 잠잠해진다. 나무의 시간을 생각하기 때문이다.

책을 지은 레이첼 서스만은 지난 10년간 세계 곳곳을 누비며 수령이 몇 천 년부터 몇 만 년에 이르는 나무들의 사진을 찍었다. 숫자로나 읽을 뿐 도무지 짐작되지 않는 세월 동안 살아남은 나무들은 척박하고 험한 지구에서 빙하기와 지각 변동, 인간이 이룬 문명의 변화를 모두 겪어냈을 것이다. 그러니 나무의 입장에서 본다면, 백 년에도 못 미치는 인간의 삶이란 짧은 여름휴가나 어쩌면 단 하루에 지나지 않을지도 모르겠다.

커다란 나무 밑에 서서 올려다보면, 까마득한 꼭대기가 보이지 않을 때도 있다. 더디게 자라는 나무가 저 먼 높이에 이르기까지의 세월이란 어떤 것일까. 사람이 경험할 수 있는 시간을 훌쩍 넘어선 나무의 일생을 생각한다. 내가 이 세상에서 사라진 뒤에도 이 자리에 계속 남아 있을 나무, 아주 먼 미래에 나 같은 누군가가 똑같이 올려다볼지 모를 나무를.

그런 생각 하면 좋지 않아요? 말하면 '무슨 그런 생각을 해' 하는 얼굴로 바라보는 사람이 있고, '듣고 보니 정말 그렇네요' 하는 얼굴로 함께 나무를 올려다보는 사람이 있다. 물론 내가 좋아하는 것은 후자.

바다 건너 남쪽 어딘가에 내내 여름인 나라들이 있다는 건 얼마나 다행한 일인지. 마음만 먹으면 우리는 언제든지 여름에 닿을 수 있다. 공항을 나서는 순간 무덥고 습한 공기가 훅 끼쳐 오는 곳, 해변에 앉아 있는 것만으로 삶을 낙관하게 되는 곳에.

▎뜨거운 그늘 아래서 미지근한 맥주를 마시는 섬

작은 섬에는 낮 동안 전기가 들어오지 않았다. 마을에 하나 있는 발전기로 전기를 돌리긴 하는데, 그마저도 부족하여 하루 중 저녁 7시부터 아침 6시까지만 전기가 들어온다 했다. 숙소로 묵는 오두막 천장에 작은 선풍기가 달려 있긴 했지만, 전기가 없으니 한낮에는 그저 바라보기만 할 뿐이었다.

외딴 섬에 머물고 싶다는 생각으로 떠나온 휴가였다. 투어 보트가 들어오는 아침 시간을 빼면, 섬은 하루 종일 파도 소리만 머물 뿐 고요했다. 숙소의 모든 방은 삐걱대는 나무 계단을 밟고 올라가야 하는 2층 높이에 위치해 있었다. 주위로 키 큰 나무들이 둘러 서 있어 해변에서 얼핏 보면 꼭 나무 위에 얹어둔 집 같았다. 오두막은 나무 기둥 네 개가 받치고 있었고, 기둥 사이에는 그물로 짠 해먹이 걸려 있었다.

방을 나와 몇 걸음만 걸으면 바다였다. 너무 금방이라는 게 낯설면서도 좋았다. 그동안 묵었던 숙소 중 가장 바다에 가까운, 또 가장 얼기설기 만들어진 방이었다. 한 사람이 방 안을 걸으면 해먹에 누운 사람의 머리 위로 나무 부스러기가 떨어지곤 했다. 사람이 없을 때면 그늘을 찾아 멀리서부터 걸어온 동네 소들이 해먹 바로 옆을 차지했다. 소와 눈치 게임을 해야 앉을 수 있는 자리였다. 그물로 짠 해먹은 등에 땀이 차지 않아 천으로 만든 해먹보다 시원했지만, 맨몸으로 누웠다 일어나면 격자무늬가 고스란히 남아 우습기도 했다.

가기 전에 생각하기로는 더우면 바다에 몸을 담그면 되지, 싶었지만 한낮의 섬은 몹시 뜨거웠다. 해가 머리 꼭대기까지 솟으면 도무지 그늘 한 점 없는 바다로 뛰어들 엄두가 나지 않았다. 작은 섬에 묵는 여행자들은 점차 더위를 견디는 저마다의 방법을 찾아가고 있었다. 해먹에서 땀을 뻘뻘 흘리며 낮잠을 자거나 해변에 놓인 평상에 누워 책을 읽거나 저녁을 기다리며 미지근한 맥주를 마시면서.

부족한 전기 탓에 온종일 해변에서 시원한 맥주를 마셔야지, 다짐했던 계획도 조금 무너졌다. 맥주나 생수는 그날 아침에 섬으로 들어오는 투어 보트에 실려오곤 했는데, 냉장고가 있다 한

* 하재연 시집 『세계의 모든 해변처럼』(문학과지성사, 2012)에서 제목을 차용했음을 밝힙니다.

들 낮엔 전기가 들어오지 않으니 음료들은 모두 커다란 아이스박스 행이었다. 아이스박스 속 얼음이 녹아갈수록 맥주도 미지근해졌다. 아침 맥주가 가장 시원했고 낮의 맥주는 미지근, 저녁의 맥주는 따뜻할 지경이었다.

그런데도 이상하게 섬에 있는 동안엔 이런 불편들이 싫지가 않았다. 잠시인 걸 알아서 그랬을까. 더위 때문에 느릿느릿 걷게 되는 이 섬에서, 시원한 에어컨 바람이나 살얼음 낀 맥주 같은 건 어울리지 않는다는 생각도 들었다.

우리가 있는 곳은 만따나니 아일랜드Mantanani Island. 말레이시아 코타키나발루에서 차로 두 시간을 달린 다음, 배로 갈아타고 한 시간을 더 들어와야 하는 섬. 여기 오기 전까진 한 번도 발음해본 적 없는 이름의 섬이었다.

▎그 어떤 선명한 풍경도 돌아서면 희미해질 테니

눈을 뜨면 파도 소리와 새소리뿐인 조용한 아침이 문밖에 도착해 있었다. 잠 많은 K를 두고서 혼자 맨발로 해변에 나와 보면, 숙소 직원인 청년이 모래사장에 비질을 하고 있었다. 어제 하루 동안 모래 위로 어지럽게 찍혔던 발자국들이 하나둘씩 지워져 갔다. 청년은 꼭 연인의 머리를 빗겨주는 사람처럼 매일 아침 열심이었다. 그 모습을 바라보다 보면 K가 일어나고, 함께 느릿느릿 아침을 먹은 뒤엔 바닷가 해먹에 누워 책을 펼치곤 했다.

섬의 하루는 뜨겁고 나른했으므로, 볕이 강할 땐 그늘에서 책을 읽는 것 외에 딱히 할 일이 없었다. 나는 아무 데나 펼쳐 시 한두 편을 읽다가 먼 바다를 보곤 했다. 여행지에서 그런 식의 독서를 하기엔 시집만큼 좋은 친구가 없다. 이미 읽었던 시가 다시 읽어도 또 좋을 때, 나는 그것이 시인과 함께 걷는 산책 같아 좋았다. 말수 적은 시인의 곁을 따라 걸으며, 드물게 꺼내놓는 말 중에 기억하고 싶은 것이 생길 때마다 마음의 귀퉁이를 작게 접어두는 기분.

오후 네다섯 시면 맹렬한 더위가 조금 수그러들었다. 오래 기다려온 우리는 입고 있던 옷을 벗고, 읽던 책도 한쪽에 치워두고 바다로 뛰어들곤 했다. 쪽빛 바다는 몹시도 맑아서 산호나 암초가 있는 곳은 물빛이 짙어지며 표시가 났다. 그런 곳만 찾아서 들여다보면 다른 데보다 훨씬 많은 물고기들이 숨어 있었다. 애니메이션에서 본 것처럼 샛노랗고 귀여운 니모, 무지갯빛 비늘을 가진 물고기, 떼로 몰려다니며 반짝이는 치어들까지.

여기 좀 와봐. 여기도! 그렇게 소리치며 물속을 흘러 다니다 보면, 어느새 섬에서 저만치 멀어져 있기 일쑤였다. 너무 멀리 온 게 아닐까 싶어 겁먹은 채로 발끝을 세워 보면 여전히 모래 위에 발이 닿았다. 겁먹고 안도하기를 반복하며 나는 점점 더 먼 바다로 나가곤 했다. 썰물이 드는 해 질 녘이면, 아주 먼 바다까지 나가서도 바다에 발을 딛고 설 수 있었다.

그날도 이제 그만 돌아가야지, 싶어 고개를 든 참이었다. 바다 속에서 막 꺼낸 젖은 얼굴 위로 시원한 바람이 불어 눈을 감았다 뜨는데 머리 위로, 온 하늘에, 진득한 노을이 내리고 있었다. 배를 타고 나왔다고 해도 믿을 만큼 멀리까지 나와 있어서, 보이는 주위는 온통 바다였다. 사방을 둘러보아도 바다뿐인 곳에서, 짙어가는 노을이 시시각각 하늘과 바다의 빛을 바꾸어 놓고 있었다. 한참을 멍하니 바라만 보았다. 그 어떤 선명한 풍경도 돌아서면 희미해진다는 것을 알아서일까. 돌아가야지, 이제 그만 가야지, 하면서도 좀처럼 발을 뗄 수가 없었다.

아픈 우리가 나란히 누워 내리는 비를 바라볼 때

나흘을 묵었던 섬에서 빠져나온 이튿날엔 하루 종일 비가 왔다. 지난밤 야시장에서 사 먹은 해산물 탓에 탈이 난 우리는 조식을 거르고 침대에 누워 있었다. 공항이 바로 근처였다. 좁고 낡은 호텔 방 침대에 누워 바라보면, 커튼 너머로 이륙하는 비행기들이 간간이 보이곤 했다.

여행에 가지고 왔다 침대 맡에 놓아둔 시집의 이름을 K가 읽는다. 『당신의 이름을 지어다가 며칠은 먹었다』. 외롭고 쓸쓸한 시집. 시인은 미인의 곁에 누워서 자주 아프고, 나는 아픈 배를 쓸어내리며 K에게 시를 읽어 달라 한다.

김치를 자르던 가위를 씻어 시인의 귀를 덮은 머리카락을 잘라주는 미인, 밀가루 풀을 천천히 끓여 자투리 벽지를 붙이는 시인, 연락도 없이 찾아가면 목울대를 씰룩여가며 막걸리를 마시고 있는 얼굴이 붉은 아버지…… . 모르는 나라의 비 오는 하늘 아래서 듣기에, 그 시들은 너무 낯익고 처연하다. 까무룩 잠이 들려고 할 때마다 나는 홑청이라든가, 찬거리라든가, 구들이라든가, 그런 익숙한 시어들을 되뇌어 보았다. 곁에 없는 사람을 생각하는 일처럼, 떠나와서 멀리 있는 것을 그리워하는 일이 나는 늘 좋았다.

시인이 그려내는 옛집의 풍경에 자주 책 읽기를 멈추던 우리는, 노트를 찢어와 침대에 엎드려 누운 채로 어려서 서로가 살던 집의 마당을 그리기 시작했다. K가 살았다는 집은 정릉동의 좁고 낡은 한옥이었다. 여기가 안방이었고, 여긴 마루, 오래된 한옥이어서 한가운데 마당이 있었어. 사다리를 타고 올라가면 옥상도 아니고 지붕도 아닌 곳에서 아빠가 키우던 방울토마토 같은 걸 따오곤 했어. 열심인 목소리가 듣기 좋아서, 나는 배가 아픈 것도 잊고 종이 위의 작은 마당을 들여다보았다.

어느 여름날, 수영장에 가고 싶다고 조르는 두 아들을 위해

아버지는 마당의 수챗구멍을 모두 막고 커다란 비닐을 두른 다음, 온 마당에 물을 채웠다지. 공사 일을 나가던 아버지에게 그쯤이야 일도 아니었다지만, 나는 갑자기 호수를 이루었을 너희 집 마당이 상상 속에서도 신기하기만 하다. 빈 마당에 물이 차오르는 것을 보며 너는 형의 손을 잡고 마루에 서서 발을 굴렀을까. 물방울 같은 웃음을 터뜨리며 풍덩 뛰어드는 어린 아들들을 보며 너의 아버지는 땀을 닦고 함께 웃었을까.

내가 없었던, 내가 본 적 없는 그 풍경을 나는 오래 기억해두기로 한다. 굳이 기억하려 하지 않아도 오래 기억하게 될 것 같은 예감을 주는 풍경이 있고, 잊게 될까봐 애써 오래 기억해두고 싶은 풍경이 있으며, 기억하고 있는 줄도 몰랐는데 나중에야 떠오르는 풍경도 있다. 어쩌면 우리가 보낸 모든 시간이, 우리가 떠난 모든 여행이 그 어디쯤에 있을 것이다.

언젠가 나흘 동안 머물렀던 작은 섬의 지도를 곰곰이 그리게 되는 날도 오겠지. 여기쯤 오두막이 있었어, 우리가 가장 좋아했던 해변 자리는 여기야, 소들이 제일 좋아했던 그늘은 여기, 하고. 지난 밤 야시장을 찾아 헤매며 걸었던 복잡한 골목들도. 모르고 살다가, 알게 된 이후로 내 안에 선명한 지도를 이루는 풍경들. 그 때문에 우리는 여행을 멈출 수 없는 건지도 모르겠다. 먼 하늘엔 또다시 비행기가 떠오르고 있었다. 여행의 마지막 날이었다. 창밖에는 여전히 그칠 생각 없는 비가 내리고 있었다.

근사한 구름을 마주치는 건 언제 찾아올지 모를 즐거움 중 하나
다. "오늘은 구름이 다했다" 싶은 하늘을 보는 건 드물기 때문에
더욱 신나는 일. 그런 순간엔 무언가 아주 중요한 것을 목격한 기
분이 들기도 한다.

▌구름 수집가의 바쁜 하루

멋진 구름이 며칠씩 이어진다면 그때부터가 가을이다. 어느 날 출근길에 올려다 본 하늘이 다섯 뼘 정도 높아져 있는 것 같고, 그 하늘을 캔버스 삼아 구름이 쉼없이 붓질을 하는 것 같다면. 바람이 그 그림을 또 자꾸 지워낸다면.

　그런 날엔 버스에 타고 있는 사람들도, 건널목에서 신호를 기다리던 사람들도, 자꾸만 하늘을 올려다보게 되는 것이다. 멀리 남쪽 바다에 작은 태풍이 지나고 있다는 예보가 들린 날이면 변화무쌍한 구름들이 강물의 속도로 하늘을 흘러 다닌다. 누구나 멈춰 서서 올려다보아야 할 하늘이지만, 늘 그렇듯 우리는 잠시뿐인 아름다움을 알아보기엔 너무 바쁜 사람들.

　나라고 다르진 않아서 지금 하늘이 아까운데, 하면서도 발걸음을 재촉하거나 모니터를 들여다보아야 하는 순간이 더 많다.

그래도 몇 번쯤은 멈춰 서서 하늘을 찍는다. 내가 카메라를 들면 꼭 그 거리의 한두 명쯤은 같은 방향을 올려다보다 덩달아 카메라를 든다. 그런 순간에 우리들은 어쩔 수 없이 좀 귀여운 어른들이다. 방금 전까지만 해도 스쳐 지나면 그만이었을 그와 나의 스마트폰 속엔, 이제 같은 하늘이 담겨 있겠지. 어쩌면 구름의 할 일이란 그것으로 충분한지도.

매일 아침 한강을 건너 출근하고 또 한강을 건너 집으로 돌아온다. 다행한 건, 늘 복작거리는 출퇴근 길에도 가끔 창가에 앉을 수 있는 행운의 날이 있다는 것. 한강을 건너는 1분 남짓한 시간은 하루 중에 가장 너른 하늘을 볼 수 있는 순간이기도 하다. 빌딩 숲을 달려온 버스가 한강 다리에 들어서려 할 때마다 매번 조금 기대하고 마는 것도 그래서다. 오늘은 대기가 맑을까, 어디까지 내다보일까, 구름은 또 어떤 모습일까 궁금해하지 않을 수 없어서. 혼자서 보기 아까운 하늘을 발견한 날이면 창가에 바짝 붙어 앉아 동영상을 찍기도 한다. 오늘 하루 겨우 마주한 하늘의 표정을 남겨두려고.

온전한 하늘을 보고 싶다는 건 정말 도시에 살면서 느끼게 된 감정 중 하나다. 시골에서 자랄 땐 그럴 일이 없었으니까. 구름이 굉장하다 싶은 날엔 옥상에 올라가거나 들판으로 달려 나가기만 해도 충분했으니까. 그러나 도심에서 보는 하늘은 늘 어딘가가 잘려 있어서 저 건물이 조금만 비켜주면 좋을 텐데, 하

는 답답한 마음이 되고 만다.

너른 하늘을 본다고 너른 마음으로 살게 되는 것도 아니지만, 우리에겐 늘 온전한 하늘을 볼 수 있는 시간이 필요하다. 왜냐고 묻는 사람은 아마 생활에 얼굴을 묻고 있는 사람일 테지. 물론 생활은 누구에게나 중요하다. 그러나, 매일의 생활 속에는 또한 고개만 들면 목격할 수 있는 하늘이 있다. 이런 풍경도 있다는 것을 잊고 살지 말라는 듯 구름은 가끔 근사한 풍경을 펼쳐보이며 우리의 고개를 기어코 들게 만든다.

▌ 여기 오는 길에 이런 걸 봤어

그러니 여름에서 가을로 건너가는 날들의 구름이 얼마나 근사한지는 하늘을 자주 올려다본 사람만이 안다. 여름의 끝자락이라고도 가을의 문턱이라고도 부를 수 있는 사이의 계절에는 그야말로 매일이 구름 잔치다. '올해의 구름'을 꼽기 위해 하늘을 찍어두기 시작한다면, 구름은 매일 기록을 갈아치울 것이다.

하루의 맥이 탁 풀릴 만큼 근사한 하늘 아래에서는 새삼 묻게 된다. 오늘 하루 무엇 때문에 그렇게 바빴더라? 그게 종종걸음 칠 일이었던가? 그러고 나선 또 다짐. 적어도 내가 정말 원한 적도 없는 것들 때문에 애쓰다가 계절을 놓치지는 말아야지.

현재를 살아가는 우리는 인생을 낭비하지 않으려고 뭐든 열심이지만, 사실 다 살고서 돌아보는 시점에선 그 '열심'이야말로 인생을 낭비한 일로 여겨질지도 모르겠다. 그건 좀 이상한 말이기도, 기운 빠지는 말이기도 하지만. 우리는 대체로 과하게 파이팅이 들어가 있어 기운을 좀 빼도 되는 사람들이니까.

요즘은 시골집 툇마루에 할머니와 나란히 앉아 있는 것처럼 종종 이런 생각에 빠지기도 한다. 할머니는 살아보니 뭐가 후회돼? 나는 이상하게 나중에 이런 걸로 후회하게 될까봐 걱정이 돼. 하늘을 좀 더 자주 봐둘걸, 바람 좋은 날엔 어디든 나가서 좀 걸을걸. 별로 살아보지도 못한 주제에 자꾸 그런 생각이 드는 건 왜일까? 대답해줄 할머니는 멀리 있으므로, 하늘만 보면서 자문자답. 구름은 그럴 때도 뭉클뭉클.

하다하다 미래의 후회까지 앞당겨 해서인지 요즘엔 자꾸 걸음이 느려진다. 아무래도 더 느긋하게 걷는 게 좋겠다. 천천히 가도 도착은 할 테니까. 어려서부터 소풍이나 등산 같은 걸 가면 뒤에서 걷는 게 더 좋았다. 앞에서 걸으면 남들 보폭에 쫓기는 기분이 들지만, 부러 걸음을 늦춰 뒤로 가면 마음이 편했다. 그건 아마 내 속도대로 걸을 수 있어서였을 것이다. 조급해 말고 맨 뒤에서 걸으며 본 것들을 잘 기억해두어야지.

어딘가에 도착해 '급히 오느라 정신이 하나도 없었다'고 말하는 사람보다는, '여기 오는 길에 이런 걸 봤어' 하고 별것 아닌

이야기를 시작하는 사람이고 싶다. 틈만 나면 구름 사진을 찍어 오면서 내가 진짜 하고 싶었던 이야기는 사실 그게 전부. 여기 오는 길에 이런 걸 봤어. 그렇게 시작된 이야기는 늘 우리를 좀 더 멀리로 데려다주었던 것 같다.

바닥에 부딪쳐 튀어 오르는 빗방울처럼 뛰어다니는 아이들을 보면 나도 모르게 카메라를 들게 된다. 햇볕에 빛나는 동그란 뺨을, 지칠 줄 모르는 생기를 찍어둔다고 생각했지만 나중에 들춰보면 사진 속엔 늘 그보다 큰 것이 담겨 있었다. 이를테면 우리가 잊어버린 어떤 시간, 한때 가졌으나 잃어버리고 만 어떤 마음들이.

▌한때는 모두 아이였던 우리들

무언가를 잃어버렸다는 생각이 들 때가 있다. 아이들이 천진하게 놀고 있는 모습을 볼 때면 그렇다. 모래 놀이나 물장난 같은 것으로 하루를 보낼 수도 있는 저 순전한 몰입과 기쁨, 호기심에 가득 차 쉼 없이 세상을 뛰어다니는 일. 그것을 아무렇지 않게 해내던 우리가 어느 순간 더 이상 그러지 못하게 되었다면, 그 사이엔 무슨 일이 일어난 것일까? 그런 의문 때문에 나는 아이들 앞에 자주 멈춰 서서 이런 사진들을 찍었는지도 모르겠다.

언젠가 읽은 소설 속엔 이런 이야기가 나온다. 리버는 브루클린에서 살아가는 가난한 소년이다. 어느 날 우연히 리버가 피아노에 천재적인 재능을 가지고 있다는 게 발견되자, 엄마 미란다는 그를 아렐 교수에게 데려간다. 아렐은 엄청난 연습량과 정교

한 연주로 명성이 높은 노교수다. 판박이식 교수법이 주류이던 때, 아렐은 불완전하고 자유로운 리버의 연주를 묵묵히 지켜보는 쪽을 택한다. 리버의 재능이 사라질까 봐 두렵다는 미란다에게 그는 말한다. 재능을 지켜주는 건 아주 간단하다고. 리버에게 공감해주라고, 그게 무엇이든. 미란다는 당신에게도 그런 엄마가 있었느냐 묻는다. 아렐은 세상 모든 어머니가 그렇듯 걱정이 많은 분이셨다고 답한다. 이어지는 두 사람의 대화는 이렇다.

"어떤 말이 듣고 싶으세요. 만약 살아 계시다면."
"아마 이런 말일 것 같아요." 아렐이 잠깐 숨을 골랐다.
"피아노를 치기 싫으면 치지 않아도 돼."
"그렇게 말해주지 않았나요?"
"엄한 분이셨어요. 나한테만 그런 게 아니라 스스로에게도."
"당신은 피아노를 좋아한 거 아니었나요?"
"물론, 나는 피아노를 좋아해요. 하지만 이건 피아노랑은 상관 없어요. 이건 존중에 관한 문제예요. 내 주위에는 온통 피아노를 더 열심히 쳐야 한다고 말하는 사람들뿐이었어요. 그래서 이런 식으로밖에 피아노를 칠 수 없게 된 거죠."
"리버가 정말 피아노를 치지 않겠다고 하면 어쩌죠?"
"그럼, 치지 않으면 되죠."
"네? 그게 무슨 소리예요?"
"말 그대로예요. 덧붙일 말은 없어요."

—김태우, 「피아노」, 2014 한국일보 신춘문예 당선작

실제로 두 아이를 키우는 아버지가 쓴 이 소설은 '훼손'에 대해 말한다. '한 사람의 내면에 존재하는 결을 존중하지 않는다면 교육이 할 수 있는 것은 단 하나, 훼손뿐'이라고. 이 세상에 재능이 없는 아이란 존재하지 않는다고, 다만 재능을 잃어버린 아이가 있을 뿐. 작가가 아렐의 입을 빌려 말하는 이 단언 앞에, 나는 어쩔 수 없이 어린 시절을 떠올린다.

늘 농사일로 바빴던 부모는 내가 무엇을 하고 있는지 어떤 아이인지 잠자코 들여다볼 여유가 없었다. 그것을 들여다봐준 사람은 1년에 두세 번 시골집에 들르던 서울 할아버지였다. 할아버지의 형제는 여섯이었는데, 시골에 살던 나는 그들 모두를 서울 할아버지라 불렀다. 그렇지만 내가 '서울 할아버지'라 말할 때 실제로 떠올리는 것은 한 분뿐이었다. 할아버지는 늘 나를 얼마쯤 기특해했다. 시골집에 내려와 잠시 어딘가에 일을 보러 갈 때도 나를 꼭 데리고 다니셨을 만큼. 함께 외출한 날이면, 집에 돌아와 식구들이 다 같이 둘러앉은 저녁 자리에서 오늘 하루 내가 한 말들을 자랑하시곤 했다.

"오늘은 집에 돌아오는 길에 멀리 시내 불빛들을 보면서 어린 별들이 세상이 궁금해 내려온 거라고 하더라. 돌아가고 싶은데 하늘에 있는 엄마별을 부를 수가 없어서 저렇게 반짝이는 거라고. 조그만 게 어떻게 그런 생각을 다 하는지."

지금 돌아보면, 그냥 어린아이가 어려서 할 수 있는, 쉽게 의인화하는 말들일 뿐이었는데도 그랬다(이 레퍼토리는 내가 다 자라기까지 족히 백 번은 반복하셨던 것 같다). 할아버지가 늘 놀라고 기뻐하고 기특했으므로, 나는 무언가를 들여다보고 언어로 표현하는 것에 재미를 붙이게 되었다. 그것이 내 속의 무언가를 자라게 했을 거라고 깨달은 건 오랜 시간이 흐른 뒤의 일이다. 내 안에 나도 알지 못하는 아주 조그만 무언가가 움텄을 때, 그것을 알아보고, 물을 주고, 햇볕을 쬐게 한 사람이 있었다.

스물셋이 된 내가 국경을 넘어 1년 동안 여행을 떠나겠다고 했을 때, 할아버지는 엄마 편에 손수 쓴 편지를 남겨두었다. 그 안엔 붓펜으로 쓴 점잖은 글씨로 이렇게 쓰여 있었다.

더 넓은 세상으로 가는 사랑하는 손녀에게!
앞날에 무궁한 발전을 바라는 마음에서 돌아가신 큰할아버지를 대신해 이 할아버지가 작은 정을 담아 보낸다. 잘해낼 수 있을 거야. 믿는다. 힘내라!

봉투 안에는 은행에서 갓 환전해온 듯한 빳빳한 백 달러짜리 지폐들이 들어 있었다. 나는 그 편지를 세 번, 네 번 접어 배낭의 가장 깊숙한 곳에 넣었다. 아무리 험한 곳을 가더라도 이 마음이 나를 지켜주리라 생각하면서.

지금 내가 어떤 식으로든 글 쓰는 일을 하게 되었고, 여전히 쓰는 일에 기쁨과 슬픔을 느낀다고 하면, 할아버지는 어떤 표정을 지으실까. 가족들에게 어린 별 얘기를 전할 때처럼 흐뭇한 얼굴을 하실까. 할아버지는 내가 여행에서 돌아온 이듬해 겨울에 돌아가셨다.

▌지는 햇빛 속에 집으로 돌아가던 날들

아이들이 해변에서 모래 장난을 하며 노는 모습을 보며 앉아 있던 건, 서해의 작은 섬에서였다. 전철과 버스와 배를 번갈아 타면서 세 시간 넘게 걸려 도착한 길이었다. 기껏 찾은 숙소는 지저분했고, 변변한 식당도 없는 비수기의 섬에서 저녁을 어떻게 해결해야 할지 막막하기만 했다. 금방이라도 비를 쏟을 듯한 하늘은 섬의 풍경을 더 어둡게 만들고 있었다. 자연스레 마음도 가라앉았다. 내가 뭐 하러 여기까지 온 걸까. 스스로를 탓하는 심정으로 해변에 앉아 있었다. 탁한 회색빛 섬에 유일하게 색깔을 입히고 있는 건, 해변을 뛰어다니는 아이들의 웃음소리였다.

높은 파도 탓에 해수욕이 여의치 않아지면서 실망한 어른들과 달리, 아이들은 굳이 바다가 아니어도 상관없다는 듯 파도가 만들어낸 모래 위의 조그만 물웅덩이에도 반갑게 뛰어들었다. 거기에서 찰박찰박 발로 물을 차다가 털썩 등을 대고 누워버리

아이들의 연한 마음속에는

기도 했다. 옷이 쫄딱 젖고 만 여동생을 말릴 줄 알았던 예닐곱 살 오빠는 깔깔 웃으며 저도 그 옆에 누워 양팔을 휘저었다. 놀란 쪽은 오히려 나였다. 엄마한테 혼날 텐데 싶어 괜스레 마음이 쓰이는데, 아이들 표정을 보니 그런 걱정은 오히려 머쓱해졌다. 바다에 왔는데 옷 하나 젖는 게 뭐가 대수라고.

이튿날 항구에서도 마찬가지였다. 파도가 높아 배가 늦어질 거라는 방송이 연신 낡은 스피커를 통해 흘러나왔다. 선착장에 몰려든 사람들 사이엔 묘한 짜증과 초조함이 감돌고 있었다. 배를 기다리는 목적밖에 없는 어른들은 붕 뜬 시간을 어찌지 못한 채로 여기저기 앉거나 서 있었다. 아이들은 달랐다. 배의 연착은 아이들에게 그저 매미를 구경할 시간이 더 늘어난 것뿐이었다. 나무 위를 향해 고개를 한껏 치켜들고, 납작 엎드린 매미 등을 발견할 때마다 숨은 그림을 찾아낸 듯 깡충깡충 뛰었다. 놀랍게도 아이들은 금방금방 눈앞의 풍경에 집중하며 즐거움을 찾아냈다. 그러니까 실은, 섬을 찾은 여행객들 중에서 짧은 주말을, 그리고 이 작은 섬을 가장 잘 즐기고 있는 건 아이들뿐이었다.

그 모습을 보고 있자니 어제 오늘, 사소한 실망과 걱정으로 자주 어두워지던 내 마음이 떠올랐다. 기껏 여기까지 왔으면서 나는 어떻게든 이 섬에서 실망할 거리만을 찾아내려는 사람 같았다. 같은 배를 탄 소란스런 단체 여행객, 사진과 달리 낡은 숙소, 식당 벽의 때가 잔뜩 낀 선풍기 같은 것들이 내 휴가를 망치고 있다고 생각하는 건 얼마나 바보 같은지.

그러고 보면 아이들에게서 배우고 싶어지는 것은 모두 내가 잃어버린 것들이었다. 한때는 당신도 나도 가지고 있던 것들, 그러나 어디에 두었는지 기억나지 않는 것들, 그러니 마음속을 더듬어 다시 찾아내면 되는 것들.

『넉 점 반』이라는 그림책에서는 반듯한 단발머리를 한 꼬마가 가겟집에 들어서며 할아버지에게 시간을 묻는다(옛날엔 이렇게 시계 있는 집에 가서 시간을 묻기도 했다).

　"영감님 영감님 엄마가 시방 몇 시냐구요."
　"넉 점 반(네 시 반)이다."

아이는 넉 점 반, 넉 점 반, 되뇌며 문을 나선다. 집에 가려는데 문 앞에서 세숫대야 위에 올라앉아 있는 수탉을 마주친다. 물 먹는 닭을 가만 구경하다 보니, 그 옆으로 개미 떼가 지나가고, 쪼그려 앉아 한참 개미를 보다 보니, 고추잠자리 무리가 머리 위를 날고, 잠자리 따라 동네 길을 한참 걷다 보니, 분꽃이 무더기로 피어 있고, 그 속에 파묻혀 꽃을 따며 놀다 보니 하루해가 꼴딱 지고 만다.

아이는 어스름 속에 집에 돌아와 "엄마, 시방 넉 점 반이래" 한다. 동생 젖을 먹이고 있던 엄마는 진작 포기했다는 표정이다. 재밌는 것은, 대문에 들어서는 아이의 등 뒤로 가게 앞에 나와 부채질하던 할아버지가 '저 녀석 어디 갔다 이제 왔누' 하는 표정을 짓고 있는 모습이다. 그러니까 아이는 바로 옆집으로 심부름을 갔던 것인데, 돌아오는 데는 한나절이 걸린 셈이다. 그림책 속에서 볼록한 이마를 하고서 온 동네를 걸어 다니는 꼬마가 나는 섬에서 본 아이들만큼이나 부러웠다.

그리고 새삼 놀랐다. 아이들 앞에 세상은 얼마나 너른 놀이터인지. 그 안에는 여기저기 마음 빼앗길 일이 얼마나 많은지. 마음을 빼앗기면 빼앗기는 대로, 따라가 보는 일은 또 얼마나 즐거운지. 그럴 때 하루해는 얼마나 짧은지…….

언젠가의 나에게도 그런 하루들이 빼곡했을 것이다. 보아야 할 것만 보고, 해야 할 일만 하는 어른으로 자라는 동안 잊고 있던 것뿐. 그러니 아주 다는 아니어도 가끔은 저 아이들을 따라 어린 나로 살아볼 일이다. 순수한 몰입과 천진한 즐거움의 세계를 완전히 회복할 수는 없다 해도, 짧은 휴가나 여행, 어떤 하루 동안만이라도. 걱정일랑 외투처럼 벗어두고 오직 눈앞의 풍경에만 집중하며 한눈도 팔고 마음도 빼앗기며 가볍게 걸어볼 일이다.

그러고 싶을 때면 생각한다. 지는 햇빛 속에 집으로 돌아가던 어린 날들을. 즐거움이 아직 남아 있어 하루가 끝나가는 게 아쉽게만 느껴지던 날들을. 그런 기분을 늘려가야겠다고 생각하면,

아이처럼 사는 일도 그리 어렵지만은 않을 것 같다. 저무는 해가
아쉽게 느껴지는 날이라면, 잘 살아낸 하루일 것이다. 그런 하루
가 모이고 모여 삶을 이룬다면, 그것은 잘 살아낸 삶일 것이다.

숲에서는 자연스레 계절을 생각하게 된다. 시간은 좀 더 큰 단위로 흐른다. 1년을 네 개의 시간으로 나누어둔 것도 결국 사람의 일이지만, 그 시간을 가장 또렷이 사는 건 나무들인 것 같다.

▎다람쥐처럼 도토리를 모으던 어린 날

단풍을 보러 길을 나섰다가 지방의 어느 작은 식당에 들어간 적 있다. 백반이나 도토리묵 같은 것을 시키려고 메뉴판이 어디 있나 벽을 휘휘 돌아보는데, 한쪽 벽에 삐뚤삐뚤한 손 글씨로 쓴 원산지 표시판이 붙어 있었다.

쌀: 우리 집 큰 논
깻잎·상추: 숙이네 텃밭
도토리: 뒷산

다 맞는 말을 적어놓은 것일 텐데도, 모아놓고 보니 귀여웠다. 그렇겠지, 상에 오른 이 재료들이 다 뿌리내리고 자란 곳이 있는 거겠지. 시골에서 나고 자랐는데도 도시 생활이 오래되니, 내가 먹는 음식이 어디에서 왔는지 쉬이 잊게 된다. 모종을 내고, 물을 주고, 벌레를 잡으며 한 해 동안 이것을 키워낸 사람이 있을 거란 사실도. 숙이네 텃밭에서 온 깻잎은 싱싱했고, 뒷산 도토리로 만든 묵에선 잊고 살던 가을의 맛이 났다.

어려서는 가을이면 집 뒤의 야트막한 산을 누볐다. 바람이 제법 세게 부는 날이면, 키 큰 상수리나무에서 후두두둑 도토리 떨어지는 소리가 우리 집 마당까지 울렸다. 도토리 떨어진다, 엄마가 지나가듯이 말하면 그게 신호였다. 나무가 툭툭 떨구어낸 열매를 찾아 산 구석구석을 누볐다. 낙엽 사이에 파묻혀 있거나 덤불 속으로 굴러 들어간 도토리들은 눈 밝은 내게 쉽게 들켰다. 어려서부터 열매든 다슬기든 뭔가 줍는 것을 좋아해서 한번 시작하면 끝을 보곤 하던 나에게 오빠는 옆에서 말하곤 했다.

"다람쥐 먹을 건 남겨둬야 돼."

애써 찾아내는 건 다람쥐가 숨겨놓은 것일 수도 있으니, 보이는 것만 주우라고. 나 가지라고 떨어진 줄 알았던 산속 도토리를 다람쥐와 나눠 갖는 마음. 탐스럽게 익은 감도 가지 끝에 꼭 두어 개를 까치밥으로 남겨두는 마음. 시골에선 그런 마음을 배우면서 자랐다.

어쨌든 채집 활동을 야무지게 끝내고 묵직해진 양파 망을 질질 끌고서 집으로 돌아오면, 며칠 뒤 아침상에 뚝딱 도토리묵이 올라왔다. 자루에서 쏟아부은 도토리를 할머니가 바락바락 씻는 것까진 보았는데, 언제나 그쯤에서 만화영화를 보러 들어가

버리곤 했으므로 묵이 어떻게 만들어지는지는 여태 잘 모른다. 그저 이렇게만 기억하고 있다.

'도토리를 주워 오면, 할머니 손에서 도토리묵이 만들어진다.'

이제 이런 얘길 하면, 정말 옛날 일처럼 여겨질 뿐이다. 요즘은 아무도 묵을 쑤기 위해 도토리를 줍는 건 하지 않을 것 같으니까. 시골집 뒷산의 나무는 많이도 베어져 나갔고, 허리 아픈 할머니는 더 이상 집에서 묵 같은 걸 쑤지 않는다.

그때에, 가을 숲을 샅샅이 뒤지며 도토리를 줍던 시절에, 나는 내 눈에 가장 예쁘게 생긴 도토리들을 따로 빼서 주머니에 넣어오곤 했다. 가져온 도토리는 책상 위나 서랍에 두었다가 금세 잊어버리곤 했는데도 매번 그랬다. 가을의 기억이 거기 담겨 있기라도 한 듯이. 그래서 지금도 상수리나무 아래를 지날 때면 이따금 생각난다. 뒷산을 내려오던 길, 주머니 속에서 만지작거리던 도토리의 감촉이. 가을이 동그랗게 모여 닫힌 듯했던 그 매끄럽고 단단한 열매가.

내가 계절을 배웠다면 그것은 숲으로부터

야트막한 산 바로 아랫집에서 자란 탓인지 무더웠던 여름이 가고 서늘한 바람이 불어오기 시작하면, 숲을 찾아가 걸어야겠다는 생각이 든다. 걷기 좋은 계절이다. 어딘가 한적한 오솔길을 찾아서, 말 없는 나무들 사이를. 가을이 되면 나무는 잎을 떨굴 준비를 한다. 여름의 기억을 떠나보내며 긴 겨울을 준비하는 나무가 묻는 듯하다. 지난 계절엔 어떤 추억할 일들을 만들었느냐고. 다가올 계절은 또 어떻게 준비하고 있느냐고. 봄의 꽃과 달리 가을의 단풍은 어쩔 수 없이 사라질 것들을 떠올리게 한다. 꽃이 진 자리엔 잎들이 무성해지지만, 단풍이 지면 그 자리는 그대로 비어버리므로. 겨울이 오면 나무는 그렇게 혼자가 되므로.

숲에서는 자연스레 계절을 생각하게 된다. 시간은 좀 더 큰 단위로 흐른다. 1년을 네 개의 시간으로 나누어둔 것도 결국 사람의 일이지만, 그 시간을 가장 또렷이 사는 건 나무들인 것 같다. 봄에는 봄답게, 여름은 여름답게, 가을은 가을답게. 그래서인지 숲을 다녀온 날엔 좀 씩씩해지는 기분이다. 없던 기력도 다시금 회복하고, 한참 걷고 돌아온 뒤인데도 잘 쉬었다고 생각하게 된다. 그건 다 의젓한 나무들 곁을 지나온 덕분인지도.

언젠가 지리산 자락에 사는 분과 같이 걸으면서 이런 이야기를 나눈 적 있다. 우리나라엔 예부터 아이가 태어나면 나무 한 그루를 심는 전통이 있었는데, 그 나무는 아이와 평생을 함께하는 '내 나무'가 되어주었단다. 아이가 아프면 어머니는 나무 앞에 정한수를 떠놓고 빌었고, 아이 역시 자라면서 슬픈 일이 있을 때마다 제 나무를 꼭 끌어안고는 했다고. 딸이 태어나면 오

동나무나 참죽나무를, 아들이 태어나면 소나무나 잣나무를 심
곤 했는데, 후에 그 나무로 혼수에 쓸 장롱을 만들기도 하고, 늙
어 죽으면 관을 짜서 함께 묻었다고 한다.

지금은 사라진 전통이 되었다지만 내 나무라니, 아무래도 부
러운 이야기다. 힘들 때면 찾아가 힘껏 안고서 위로를 나눠 받
는 나무, 죽은 뒤에 나와 함께 땅에 묻힐 나무. 그런 나무와 평생
을 함께 친구처럼 산다는 건 '내 나무'가 없는 삶보다야 훨씬 든
든하고 다정할 것 같으니까.

▌있어야 할 장소 말고 있고 싶은 장소에

"너는 시골에서 자랐는데도 이런 데를 좋아하네. 그냥 자연도
아니고 자아아여어언!!! 이런 곳."

계절마다 숲 타령을 하는 내게 서울 친구가 한번은 이렇게 말
한 적 있다. 실은 그 반대다. 시골 애여서 이런 데를 좋아하는 것
이다. 익숙하고 그리운 장소, 계절이 얼마나 천천히 흐르고 있
는지 시간의 흐름을 만질 수 있는 곳. 가야 할 곳도 봐야 할 것
도 없이 멍하니 앉아 볕을 쬘 수 있는 곳. 그런 곳에서 나무나 햇
볕이나 돌멩이처럼 그저 조용히 제 할 일을 하듯 자리를 지키고
있는 것들을 보는 게 좋다. 숲에 오래 앉아 있다 보면 알게 된다.

거기, 갑자기 단풍이 드는 나무는 하나도 없다는 걸. 시간은 그런 방식으로만 흐른다는 걸.

이따금 불어오는 바람에 잎사귀가 흔들리는 소리나 멀리 산책로를 지나는 사람들의 걸음 소리 같은 것을 듣는다. 나무를 타고 오르는 청설모의 꼬리를 설핏 보기도 한다. 며칠 지나면 단풍이 더 짙어지겠구나, 그 단풍도 비 몇 번이면 다 져버리겠구나, 그런 생각을 하기도 한다. 그 아무것도 아닌 것을 ─ 나가기로 마음먹고, 장소를 정하고, 짐을 싸고, 집을 나서서 찾아와 ─ 마침내 하고 있으면 이 정도 산책을 나서기가 왜 그리 힘든가, 계절에 한 번 숲을 찾는 일도 어려워하며 내가 하는 일이 대체 무엇인가 싶다.

더 원하지 않아도 충분한 것들이 삶을 이루고 있는데 늘 무언가가 부족하다고 여기는 건 왜일까? 행복을 좇는 우리는 더 많은 돈을, 더 많은 성취를, 더 많은 만족을 끊임없이 원한다. 잠을 줄여가며 공부하거나 일하고, 하루 종일 피곤한 얼굴로 거리를 걷고, 곁을 주는 이들을 바쁘다는 이유로 소홀히 하는 건 어쩔 수 없는 일이라고 생각하면서. 마음은 잠시도 쉴 틈이 없다. 어쩌다 빈 시간이 생기면 그 비어 있음을 그대로 두지 못하고 초조함마저 느낀다. 쉬지 못하는 우리에겐 늘 해야 할 일이 밀려 있고, 진짜 마음 편히 앉아 쉬는 저녁, 아무것도 하지 않아도 되는 주말은 좀처럼 찾아오지 않는다. 편해 보이지 않는 얼굴을 보며 누군가 괜찮으냐고 물으면 별 생각 없이 대답할 것이다. 괜찮아. 그런데 그게 정말 괜찮은 걸까? 피로와 의무와 걱정으로 채워진 삶이?

지금 있는 곳을 벗어나면, 다른 생각을 하게 된다. 하려고 해서가 아니라 자연스레 그런 생각이 흘러 들어온다. 평소와 다른 풍경이나 바람이나 소리를 타고서 평소에 하지 않던 생각이 찾아드는 것이다. 그래서 자리를 옮기는 일은 중요하다. 사무실에 앉아 있으면 세상은 처리해야 할 일들로만 채워져 있는 것 같고, 프랜차이즈 카페에 앉아 있으면 삶에는 하소연할 걱정거리가 끊이지 않는 것 같으며, 유행을 탄다는 동네에 찾아가면 모두가 인스타그램에 피드될 풍경만을 쫓아다니는 것 같다.

그래서 장소는 다시, 중요해진다. 있어야 하는 장소, 있어 보이는 장소, 앉아 있을수록 마음이 허전해지는 장소 말고 진짜 원하는 곳에 있자, 생각하게 된다. 막상 도착하고 나면 '그래도 나오길 잘했네' 생각하게 되는 장소에.

가을이라면 내겐 숲이다. 숲에서는 소란스런 세상에서 부대끼는 동안 묻혀서 들리지 않던 소리가 들린다. 미처 보지 못하고 지날 뻔했던 계절이 보인다. 무엇보다 멍하니 볕을 쬐며 쉬고 싶어 하는 나에 대해 생각하게 된다. 한 끼를 때우듯 아무렇게나 구겨 넣은 밥처럼 살아낸 지난 일주일에 대해서도.

내가 정말 어떤 시간을 필요로 하는지 살피며, 볕 좋은 날 화분을 베란다에 내어놓듯 나를 들어 가을 숲에 옮겨놓는다.

화초처럼 볕을 쬐며
오늘은 바람이 참 좋다고, 생각한다.

그리고 그 모든 순간에, 바다는 늘 달랐다. 내가 보는 바다는 사실 이 세계를 채우고 있는 단 하나의 바다일 뿐인데, 매번 다른 바다에 당도한다는 사실이 놀라웠다. 그것은 꼭 시간에 대한 은유 같기도 했다. 삶이란 수많은 날들로 이어져 있지만, 우리는 매일 아침 새로운 하루에 도착한다는 점에서.

┃ 어느 날 제주, 아빠와 바다

내년으로 다가온 아빠의 환갑을 기념해 제주를 찾았다. 실은 그 평계를 삼아 멀리 놀러가고 싶었던 엄마의 재촉이 컸다. 가기로 결정하기까지도 순탄치 않았다. '환갑여행은 무슨 환갑여행이냐'부터 '내가 가면 하우스 모종은 누가 돌보냐' '정 갈 거면 한 밤만 자고 오겠다'는 아빠를 설득하느라 사정했다가 타박했다가 서운해했다가 며칠을 애써야 했다.

그렇게 마침내 도착한 제주였다. 화창한 날씨가 너무 아까워 공항에서 나오자마자 근처의 바닷가를 찾았다. 내일이나 모레부터 비가 올 거라는 예보를 봐둔 뒤여서, 날씨가 허락할 때 얼른 맑고 쨍한 제주 바다를 보여주고 싶은 마음이 컸다. 차에서 내린 뒤, 누가 방향을 일러주지 않았는데도 나란히 바다 쪽으로 향했다. 파도가 발등을 간질이는 곳까지 다가서자 그제야 제주에 왔다는 기분이 들었다. 그때였다. 아빠가 옷을 훌훌 벗어 던진 건.

신발을 벗고 웃옷과 바지까지 금세 벗어버린 아빠는 아저씨 표 체크무늬 트렁크 차림으로 휘적휘적 바다로 걸어 들어갔다. 여름내 햇볕에 그을린 몸에 물을 묻히며 아빠가 무어라고 했던 것 같기도 하다. 제주에 왔으면 바닷물에 몸은 담가봐야지. 수영복이 따로 있나, 이게 수영복이지. 어려서부터 내가 물에 둥둥 떠 있는 건 잘했다. 파도 소리에 묻혀 잘 들리지 않았지만 대충 그런 말이었다. '애들 앞에서 남사스럽게 팬티 바람이냐'라거나 갈아입을 옷 걱정을 하며 잔소리할 줄 알았던 엄마는 오히려 아빠가 허물처럼 벗어놓고 간 옷을 주워 든 채로 흐뭇한 기색이었다.

"물을 저키 좋아하는 사람이 산골에 사노니까 답답하지."

나는 조금 놀라기도 하고, 조금 신나기도 해서 멀어지는 아빠의 뒷모습을 지켜보았다. 바다에서 수영하는 아빠를 처음 보아서였다. 어렸을 땐 곧잘 냇물 위로 둥둥 떠서 하늘을 바라보곤 했다는 소년을 떠올린다. 바다 앞에서 당연하게도 옷을 벗어던지는 지금의 아빠도 바라본다. 오는 내내 티격태격하다가도 그런 아빠의 옷을 한쪽 팔목에 건 채로 멀리 손 흔들어주는 엄마도 바라본다.

무엇을 할 때 좋은지, 어떻게 살고 싶었는지, 무엇 때문에 힘들었는지 그런 것들을 나누지 못한 채로 우리는 살아왔다. 먹고 살기 바빠서 혹은 그럴 만한 성격이 못 돼서, 하는 핑계에 쉽게 기대면서. 그래서 문 틈 사이로 잠든 모습을 들여다보듯, 서로의 무방비한 얼굴을 문득 보게 될 때면 조금 쑥스러워지고 만다.

가족이라는 말을 떠나, 새삼 우리가 얼마나 다른 사람들인지도 생각하게 된다. 그 다름을 제대로 이해해본 적 없는 채로 세월은 쌓이고, 이제는 그저 함께 있는 것이 어쩌면 이해가 아닌가 하는 생각도 한다. 이해할 수 있어서 사랑하는 건 아니다. 사랑해서 어떻게든 이해하고 싶어지나 그마저도 늘 실패할 뿐.

그러니 사랑이라 부를 수 있는 것이 있다면, 아마도 그날 내게 저 뒷모습을 보인 아빠에게 바다를 좀 더 자주 보여주고 싶어진 마음, 그것을 닮아 있을 것이다.

▌어느 날의 섬, 소녀와 바다

여수에서의 일이었다. 돌산도 절벽 끝에 세워진 암자 향일암을 보고 내려오는 길. 돌투성이 산길이 끊기고 포장된 마을 길이 시작되는 입구에서, 줄에 귀를 꿰인 한치들이 가을볕에 바작바작 말라가고 있었다. 저무는 해에 투명하게 빛나는 그 모습이 고와서 사진을 찍었다. 카메라를 든 채로 고개를 돌리다 건너편

좌판에 홀로 앉아 있던 예닐곱 살 소녀와 눈이 마주쳤다.

"안녕."

반사적으로 나온 인사에 데면데면 웃기만 할 줄 알았는데, 마주 인사를 해주었다.

"안녕하세요."

그게 반가워 몇 걸음 다가갔다. 작은 섬마을에는 관광객을 상대로 말린 해산물이나 갓김치 등을 파는 가게들이 길을 따라 죽 늘어서 있었다. 올라올 때 본 북적이는 길과는 달리 한산한 길목에, 가게라 부르기엔 부족한 좌판을 펼쳐놓고서 아이 혼자 놀고 있었다. 말린 홍합과 멸치 등이 바구니마다 담겨 있는 걸 보아 엄마나 할머니쯤 되는 이가 자리를 비운 듯했다.

가만 보니 아이 혼자 가지고 놀고 있는 건 도토리였다.

"도토리네?"

어렸을 적 도토리 줍던 생각이 나서 반갑게 말을 붙여보지만 더는 대답이 없다. 과도 뒷부분으로 도토리 껍질을 내리쳐서 깨는데, 조그만 손에 잡힌 칼날이 위험해 보여 마음이 쓰였다.

"그러다 다치겠다."

아이는 말이 없고, 귀찮게 했나 싶어 무릎을 펴고 일어나자 따라서 고개를 든다. 이제 가겠다는 뜻으로 손을 흔들었다. 아이도 마주 손을 흔들어주었다. 대답은 없어도 꼬박꼬박 인사해주는 게 좋아서, 모퉁이쯤에서 다시 뒤돌아 손을 흔들었다. 계

속 바라보고 있었는지 좌판 위로 일어서 있던 아이가 다시 손을 흔들었다.

일곱 살 걸음이 닿기엔 넓은 마을일지 몰라도, 자라기엔 어쩔수 없이 좁은 곳이다. 아마도 아이는 제가 모르는 세상을 내내 궁금해하며 자라나 이 마을을 떠나고, 다른 도시에 터를 잡거나 더러 먼 곳으로 여행을 떠나기도 할 것이다. 그럴 때, 산그늘이 내린 서늘한 좌판을 지키며 홀로 도토리를 찧던 시간을 소녀가 어떻게 기억할지 모르겠다.

꼭 저만한 나이에 산자락에 이르러 길이 끊기던 작은 마을 끝집에 살던 나는, 모르는 세상을 상상하는 것으로 그 좁은 곳을 버텼다. 세상 어디엔가 여기보다 환하고 너른 삶이 있을 것 같았다. 언젠가 그곳에 이르리라는, 이곳을 반드시 떠나리라는 생각을 잠들 때마다 했다. 텔레비전 속 세상이 환하게 빛날수록, 닳아서 해진 스웨터의 팔꿈치를 감추듯 지금의 마음은 자꾸 감추고 싶었다.

내가 키우고 싶었던 건 본 적 없는 예쁜 꽃이었는데, 마음속엔 잡초만 무성하게 자라났다. 그럴 수밖에 없는 게 내가 아는 것들만 자라났던 탓이다. 발목에 엉켜 곧잘 피가 나게 하던 잔가시 돋친 풀이나 혀끝에서 싸한 맛을 내던 이파리. 너무 흔해 이름도 몰랐으므로, 그 풀들이 피운 꽃은 꽃으로 여기지도 않았다. 그것도 꽃이란 걸 알게 된 건 아주 오랜 시간이 지난 후의 일이다.

소녀는 아마, 바다가 주는 비린 냄새들을 안고 자랄 것이다. 한치의 몸통에서 꺼내던 물컹한 속들, 홍합이 햇볕에 말라가며 바람결에 퍼지던 냄새, 여행객들의 발길을 붙잡으려는 이모들의 억센 말투. 그것이, 매일 같은 반찬이 올라오는 단출한 밥상처럼 물리기도 할 것이다.

그때는 지겨워할 뿐 알 수 없을 것이다. 그래도 멀어진 뒤에는, 아주 멀어진 뒤에는 그 비린 바람이 그리워 자꾸 바다 쪽으로 고개를 돌리게 될 거라는 걸.

▌낡은 필름 속 오래된 바다

어느 가을에는 방 청소를 하다가 구석에서 발견한 필름 몇 통을 사진관에 맡긴 적이 있다. 저녁 무렵 찾아온 사진 속엔, 지난해 여름 한철을 보낸 바다가 담겨 있었다. 그제야 기억났다. 언제 사고 묵혀두었는지도 모르는, 유통기한어 몇 년이나 지난 필름을 그보다 더 오래된 카메라에 끼워 갔더랬다. 사진이 제대로 찍힌다면 좋겠지만 그러지 않아도 상관없다는 마음으로.

다행히 사진은 남았다. 오랜 시간을 간신히 새겨둔 듯 바래긴 했지만. 제 색감을 잡아내지 못한 사진은 모래를 흩뿌린 듯 입자도 거칠었다. 그래서일까. 가만히 바라보고 있으면 사진 속

일들이 정말 오래전 일처럼 여겨지기도 했다. 고작 1년 남짓 지났을 뿐인데.

사진에 담긴 해변은 근 몇 년 동안의 추억이 남겨진 곳이기도 했다. 대학 동기인 L이 동해안 작은 마을에 자리를 잡은 이후로, 틈 날 때마다 찾아갔다. 어떤 여름에는 바라보기만 했던 서핑 보드 위에 직접 몸을 올려보기도 했고, 어떤 봄에는 자전거를 타고 해안도로를 한참 달리다가 어둑해져서야 아픈 다리를 이끌고 돌아오기도 했다.

어쨌든 그 시간이 옛날이 되고 만 것은 더 이상 그 바닷가에 L이 없기 때문이다. 그 사이 L의 삶은 바뀌었고, 우리의 삶도 제법 바뀌었다. 누군가 거기 살고 있어 만나러 가는 여행이 좋았던 나는 조금 서운했지만, 그러지 않았더라면 모르고 살았을 작은 마을에 추억이 쌓인 기분이 들기도 했다. 나는 이제 그 마을의 제일 오래된 구멍가게가 어디 있는지, 맛없는 버거를 내놓는 가게와 서핑 보드를 매달아놓은 이국적인 바와 예쁜 조개껍질이 유난히 많이 쌓인 둔덕을 모두 알고 있었다.

그뿐만 아니다. 오후 해가 기울 때쯤 꼬박꼬박 바다에 나와 수영을 하고 가는 늘씬한 개가 어느 집 개인지도 알고 있고(심지어 나보다 훨씬 수영을 잘한다!), 어느 여름엔가 태풍이 한차례 휩쓸고 갔을 땐 해변에 양식장 구조물이 거대한 고래처럼 떠밀려 왔던 것도 알고 있다.

그래서 나는 이제, 예전엔 모르고 살았던 마을의 안부를 종종 궁금해할 수도 있게 됐다. 바다 수영이 취미인 그 멋진 개는 여전히 근사한 영법을 보여주고 있을지, 올해 태풍은 무사히 지나갔을지, 서툴렀던 지난여름의 서퍼들은 좀 더 오래 파도를 탈 수 있게 되었을지.

 실은 여기에 그동안 내가 당도한 바다의 풍경들을 모아두고, 바다에 대한 이야기를 하려 했다. 그러나 그 많은 바다 사진을 하나하나 꺼내는 동안 깨달았다. 한데 모아서 잇거나 또 나누며 얘기하기엔, 각각의 순간들이 너무 넓고 깊었다. 그 속에 담긴 바다처럼. 매번 바다를 찾아간 이유도 달랐다. 밤의 해변을 뛰어다니며 폭죽을 터뜨리는 것처럼 내내 즐거웠던 한 시절이 있었고, 비 내리는 바다를 바라보고 선 등대처럼 외로움이 너무나 견고했던 시절도 있었다.

 그리고 그 모든 순간에, 바다는 늘 달랐다. 내가 보는 바다는 사실 이 세계를 채우고 있는 단 하나의 바다일 뿐인데, 매번 다른 바다에 당도한다는 사실이 놀라웠다. 그것은 꼭 시간에 대한 은유 같기도 했다. 삶이란 수많은 날들로 이어져 있지만, 우리는 매일 아침 새로운 하루에 도착한다는 점에서.

 그러니 여전히 바다에 대해 잘 말할 수 있는 것이 없는 채로도, 우리는 이 생에서 내내 바다를 찾게 될 것이다. 어느 시인의

말처럼, '바다에 가는 길이 아니었는데도 우리들의 발걸음은 결국 바다에 닿지' 않던가. (장석남, 「바다는 매번 너무 젊어서」 중에서)

  그렇게 바다 앞에서 우리는 누구나, 여행자가 된다.

세월에 닳아 가장자리가 말려들어간 아크릴 간판, 먼지 낀 창문을
반쯤 가린 빛바랜 커튼, 푸른 칠이 다 벗겨진 철제 대문, 고개를
숙이고 들어가야 할 만큼 낮은 천장을 지닌 노포들……. 그런 것
들이 내게는 말을 거는 것처럼 여겨진다.

다만 사라지는 것들을 지켜본다고

어디를 가도 폐허인 풍경에 자주 발이 묶이곤 했다. 단순히 오래된 것이 아니라 서서히 사라져가는 것들, 사람들로부터 영영 잊혀가는 풍경에. 수풀이 무성한 빈집의 마당, 몇 년에 걸쳐 비를 맞은 듯 녹이 다 슬어버린 건물, 사람이 사는지 아닌지 알 수 없는 옛집, 길가에 덩그러니 떨어져 나와 있는 문짝이나 공터를 구르는 의자 같은 것들…….

　처음엔 그것을 그저 나의 별난 취향이라고만 여겼다. 낡고 스러져가는 풍경을 사진으로 담아두기 좋아해서 자주 눈길이 멎는구나, 하고. 그러다 시골집에서 며칠을 머물던 어느 겨울날, 들판 건너편의 오래 비어 있는 폐가를 바라보다가 문득 깨달았다. 이 마을의 풍경이 어떻게든 지금의 나를 이루었겠구나, 하고. 여행지에서, 낯선 지역에서 내가 자주 멈춰 서던 풍경들은 새로운 풍경이 아니라 내가 이미 알고 있는 풍경들이었다. 그러니 그 풍경을 그저 '알아본' 것이라 해야 할까.

아무것도 모르고서 작은 시골마을에 태어났을 때, 세상이 다 놀이터 같았다. 어린 나는 아무 데나 철퍽 주저앉고, 아무 나무나 타고 올랐고 그러다 자주 넘어지거나 물에 빠져 울곤 했다. 여름날 장대 같은 비가 퍼붓고 난 이튿날이면 집 주변의 풀은 검푸르게 웃자라 있곤 했다. 비 한 번에 그토록 짙어지는 초록이 선뜩했다. 그곳에서 자라며 내가 본 것은 자연이 가진 무서울 정도의 생명력이기도 했지만, 동시에 쇠락해가는 모든 것이었다. 사람들은 계속해서 떠났다. 도시에 산다는 먼 친척을 찾아, 일자리를 찾아, 밤에도 불빛이 꺼지지 않는 거리를 찾아. 어제 함께 있었으나 오늘 떠나는 사람들. 그냥 떠나는 것이 아니라 영영 거처를 옮기는 사람들, 다시 돌아오지 않을 사람들. 몇 번의 헤어짐을 겪고서야 나는 그것이 일상적인 일이라는 걸 알았다.

그리고 떠나지 않은 사람들은 남겨진 폐허의 풍경과 함께 살아야 했다. 늘어가는 빈집과 아이들이 더 이상 뛰놀지 않는 폐교, 마을에서 떨어진 집에 남은 외톨이 노인들……. 누군가 떠난 자리엔 금세 수풀이 무성해졌으므로 부재는 쉽게 덮이는 듯도 보였다. 더러 할머니는 어느 건물이나 마을을 가리키며 저기가 장날이나 잔칫날마다 얼마나 북적였는지 얘기해주었지만 아무리 상상해도 그 모습이 그려지지 않았다. 기억할 수 있게 된 이래로, 내가 본 풍경은 내내 스러져가는 것이었기 때문이다. 어떤 영화가 지나고 남은 쇠잔한 흔적에 산다는 것. 어린 몸은 장마 뒤의 풀처럼 쑥쑥 자라나는데, 바깥세상은 서서히 사그라져가는 것. 그 불일치는 어떤 식으로든 내 안에 흔적을 남기며 깊어졌을 것이다.

그러니 사라져가는 것, 망가지고 부서진 것, 이제는 흔적으로만 남아 있는 어떤 것들을 가만히 응시하는 일에 대해 이유를 묻는다면, 아직 그것들이 거기 있기 때문이라고 대답할 수밖에 없다. 사라져가고 있을 뿐, 완전히 사라진 것이 아니므로. 나는 다만 사라지는 것들을 배웅하듯 지켜보고 있는 것이라고.

▍잊고 살던 골목에 불이 켜질 때

예닐곱 살 무렵, 군것질이 하고 싶어질 때면 시골길을 한참 걸어야 닿을 수 있는 작은 점방에 가곤 했다. 마을 한가운데에 자리 잡은 아름드리 느티나무 아래 점방 문은 자주 닫혀 있었고, 그럴 때면 문 옆에 있는 빛바랜 차임벨을 눌러 주인 할머니를 불러야 했다. 그러나 주인 할머니는 안에 계셔도 귀가 어두워 듣지 못하시거나, 뙤약볕 아래 농사일을 나가 계시거나, 그도 아니면 읍내 목욕탕에 가셨거나 했기 때문에 과자를 살 수 있는 날은 그리 많지 않았다. 더러 운 좋게 점방 안으로 들어가면 먼지가 보얗게 앉은 과자봉지들이 조금 지친 기색으로 선반 위에 누워 있곤 했다. 나는 땀이 촉촉이 밴 동전이나 지폐를 꼭 그러쥐고서 신중한 눈빛으로 낡은 선반 사이를 오가곤 했다. 겨우 고른 과자를 품에 안고 나오면, 느티나무 아래 평상에 모여 부채질하던 동네 할머니들이 "할머니 잘 계시나" 하며 말을 걸어오시곤 했다. 이 모든 기억은 까마득한 기억 저편에 물러나 있었다. 어느 화가의 구멍가게 그림들을 만나기 전까지.

우연히 그림 한 점을 보고 반한 후, 이 그림을 그린 사람과 그에 얽힌 사연을 찾아본 끝에 직접 화가를 인터뷰하러 나섰다. 전시장 한편에서 만난 이미경 화가가 들려준 얘기는 이랬다. 1997년, 경기도 광주의 퇴촌退村으로 이사했을 때 차도 없이 그 시골에서 유일하게 갈 수 있는 데가 논두렁 지나 한참을 가야 하는 구멍가게였다고 한다. 어느 날 우연히 그 가게를 그려본 것이 시작이었다. 그 후 20여 년 동안 그녀는 강원도 산골에서부터 해남의 땅끝마을에 이르기까지 오랜 구멍가게들을 찾아다녔다. 담 하나를 세우려면 수천 번씩 획을 그어야 하는 지난하고 고독한 펜화 작업은 한 땀 한 땀 시간을 기우는 작업이기도 했다.

그린다기보다 새겨낸 것에 가까운 세밀한 풍경들엔 무어라 설명하기 힘든 온기가 담겨 있었다. 그건 어쩌면 한자리에 오래도록 쌓인 시간만이 지닐 수 있는 온기였을 것이다. 그림 한 점이 완성될 때마다 그 그림 안에서 충분히 쉬었다던 그녀의 말이 이해되는 순간이기도 했다. 슬레이트 지붕을 머리에 인 오래된 구멍가게들, 바느질하듯 노란 장판을 꿰매어놓은 평상, 돌담을 따라 핀 맨드라미와 분꽃, 드르륵 소리를 내며 열릴 듯한 갈색 미닫이문……. 그림 속 풍경의 구석구석을 한참 보고 있으면 마치 추억의 손금을 들여다보는 기분이 들곤 했다. (이미경 화가의 그림은 그림책 『동전 하나로도 행복했던 구멍가게의 날들』로 볼 수 있다.)

그건 길을 걷다가 오래된 골목을 발견하고 멈춰 설 때도 마찬가지였다. 내가 다니던 점방에도 꼭 저런 미닫이문이 있었는데. 맞아, 저렇게 생긴 초록 지붕 집에 살던 할아버지도 계셨는데. 은단 냄새가 밴 손으로, 따뜻한 방에 두었는지 녹았다 굳은 캐러멜을 손바닥 위에 올려주시곤 했었지. 그동안 이런 기억을 까맣게 잊어버린 채로 살고 있었다는 사실에 나는 문득 놀란다. 마음 속 어디에, 이런 것들이 다 묻혀 있었던 걸까?

가끔씩 처음 와본 길을 걸으며 이런 골목을 아는데, 하는 기분이 들 때가 있다. 그건 마치 어둔 기억 속 어느 골목에 가로등이 켜지는 것과 같다. 깜빡깜빡 불빛이 들어와 그 주변이 밝아지면 묻혀 있던 풍경이 그제야 모습을 드러낸다. 아…… 내게 이런 기억이 있었지. 그럼 반가워진다. 그 때문에 처음이지만 어딘가 낯익은 골목 앞에서 자주 걸음을 멈추는지도.

┃ 오래된 가게들을 찍는 취미에 대해

길을 걷다 언제부터 여기 있었는지 모를 낡은 간판, 빛이 다 바랜 창문 같은 것을 마주칠 때면 그냥 지나쳤다가도 이내 왔던 길을 되짚어 갈 때가 많다. 사진을 찍기도 하고, 여전히 영업을 하는 곳이면 언젠가 한번 와봐야지 마음먹기도 한다. 버스나 택시 안에서 차창밖으로 그런 곳을 발견할 땐 돌아갈 수 없으니 위치를 기억해둔다. 다음에 이 동네를 걸어봐야지, 하고.

그렇다고 내 발길을 붙잡는 것이 대단한 풍경도 아니다. 지나던 동네 할머니가 "대체 뭐 찍을 게 있냐" 물으며 들여다볼 만한 것들. 세월에 닳아 가장자리가 말려들어간 아크릴 간판, 먼지 낀 창문을 반쯤 가린 빛바랜 커튼, 푸른 칠이 다 벗겨진 철제 대문, 고개를 숙이고 들어가야 할 만큼 낮은 천장을 지닌 노포들……. 그런 것들이 내게는 말을 거는 것처럼 여겨진다. 모든 것이 너무 쉽게 변하거나 사라져버리는 도시에 살기 때문일까.

동시에 그런 풍경들은 지금도 내 주위에서 무언가 사라지고 있을지 모른다는 생각을 하게 한다. 지난여름, 동네를 산책하다 담쟁이덩굴로 둘러싸여 있는 이층집을 본 적 있다. 바람이 서늘해진 뒤 궁금해 다시 골목을 찾았더니 그 사이 5층짜리 신축 건물이 들어서 임대 현수막을 펄럭이고 있었다. 길 건너 재래시장엔 개천 옆으로 포장마차들이 쭉 늘어서 있어 겨울에 가면 좋

겠다 했는데, 재개발에 반대하는 시장 상인들의 현수막이 붙은
지 몇 달 만에 감쪽같이 사라지고 말았다. 한동안 못 들르는 사
이 없어진 카페나 분식점, 술집 같은 것을 보는 건 흔한 일이었
다. 동네만 놓고 봐도 이런데 서울이란 커다란 도시를 놓고 보
자면 오죽할까.

　인사할 시간, 아쉬워할 틈조차 주지 않고 도시는 수시로 모양
을 바꾸고, 모르는 채로 그 자리를 찾은 사람들은 가벼운 상실감
을 느낀다. 거기 사라졌대. 다른 데 가자. 우리가 그런 이별에 익
숙해질수록 '기억'의 장소들은 점점 사라진다. 이 도시가 세련되
고 깔끔한 외양을 갖춰갈수록, 비슷비슷한 건물들로 스카이라
인을 이룰수록. 가끔은 서울이란 도시가 빽빽한 채로 텅 비어 있
다고 여겨질 때도 있다. 기억이 부재하는 장소는, 아무리 무언가
를 채워 넣는다 해도 사실 비어 있는 것과 마찬가지이기 때문이
다. 돈으로 살 수도 만들어낼 수도 없는 시간이 그런 식으로 순
식간에 사라질 수 있다는 게 나는 여전히 이상하기만 하다.

　그때, 작가님과 한참 얘기를 나누다 깨달은 것은 구멍가게 앞
에 다들 약속이라도 한 듯 노란 평상을 내놓았다는 것이었다.
누구든 쉬어 가라고 마련해둔 자리. 하지만 그림 속의 많은 가
게들이 이미 헐리거나 사라졌다 했다. 사람 사는 집보다 빈집들
이 더 많아진 고향에서, 내가 다니던 그 낡은 점방이 문 닫은 지
오래인 것처럼.

　구멍가게가 사라질 때 함께 사라지는 건 비단 추억만은 아닐
것이다. 지나가는 이를 위해 시계, 달력, 의자 같은 것을 밖에 내
어놓던 인심 같은 것, 조금씩 팔고 조금씩 얻던 소박한 행복 같
은 것, 좁은 평상 위에 모여 앉아 날씨 얘기를 나누던 스스럼없
는 정겨움 같은 것⋯⋯. 그 모든 것이 사라지고 나서도 우리는,
어떤 따스함을 유전시킬 수 있을까.

모르는 이의 블로그 사이를 돌아다니다 우연히 알게 된 이름, '금산여관'. 새벽 기차를 타고 떠나기로 한 연인이 두 시간 뒤에 여기서 만나자고 약속이라도 했을 법한 이름이었는데, 정작 그보다 더 마음을 잡아끈 것은 그 집의 마당을 찍은 사진이었다. ㅁ자 구조의 한옥 안쪽, 하늘을 향해 열린 작은 마당이 사진 밖의 나를 부르듯 오후의 볕에 빛나고 있었다.

┃ 저 마당을 내다보면서 차를 마셔야겠다는 생각

마당엔 초록이 무성했다. 키 큰 나무들은 손바닥만 한 이파리들
을 흔들고 있었고, 작은 나무와 들풀, 꽃들이 그 아래 소복이 모
여 있었다. 신경 써서 가꾼 듯한 손길과 저희들끼리 자라도록
그냥 둔 듯한 마음이 묘하게도 함께 보이는 마당이었다. 그 사
진을 보는 순간, 저 풍경 속에 앉아 있고 싶다는 생각이 들었다.
반질하게 닦아둔 대청마루에 앉아 초록빛 마당을 내다보며 모
과차 같은 걸 마시고 싶었다.

어려서 살았던 시골집 마당엔 할머니가 가꾸는 작은 꽃밭이
있었다. 할머니는 마당 한편에 돌멩이를 빙 둘러 꽃밭의 경계를
만들고서, 그 안쪽에 화분에서 옮겨 심은 꽃들이며 건넛마을 할
머니들이 한 뿌리씩 내어준 꽃들을 심었다. 내가 그 꽃밭에 도
움될 만한 일을 한 거라곤 전혀 없다. 천방지축으로 뛰어다니다

할머니가 아끼는 난의 모가지를 꺾어 놓고서 혼날까 무서워 엉엉 울던 게 전부였다. 그런데도 그 시절을 떠올리면 챙이 넓은 모자를 쓰고 여름 볕 아래 무성히 자란 잡초를 뽑아내던 할머니의 모습이나 새로 얻어온 나무에서 꽃이 핀 날이면 나를 불러내어 보여주시던 들뜬 목소리가 떠오른다.

어쩌면 나는 사진 속 마당에서, 어린 시절 내가 자란 그 마당을 떠올렸는지 모르겠다. 그길로 친구에게 문자를 보냈다. '여기야!' 뜬금없는 마당 사진 한 장에 메시지 한 줄. 거기가 어디인지, 언제 갈 건지 묻지도 않고 친구는 이응 두 개를 보내왔다. 설명할 것이 없는 사이. 그런 사이라면 갑작스런 여행도 즐거울 터였다.

▎그러니까 이것은, 아무것도 아닌 여행

실은 그런 여행이 좋다. 여행엔 별다른 이유가 필요 없기도 하지만, 필요하다 하더라도 아주 단출한 이유만 가지고서 떠나는 여행. 거기에 가 보고 싶어. 너를 만나러 갈 거야. 그 나무를 직접 봐야겠어. 그런 이유 하나만 쪽지처럼 작게 접어 여행 가방 안에 넣고서 그리로 향한다. 정작 그곳에 가서는 특별히 할 일이 없다. 거기에 왔으니, 너를 만났으니, 그 나무를 직접 보았으니, 이제 아무것도 하지 않아도 좋을 빈 시간이 눈앞에 놓여 있을 뿐이다.

떠나는 이유는 매번 달랐고, 그것은 사실 없다 해도 괜찮을 사소한 이유들이었지만 그렇게 떠난 여행에서 나는 좀 더 자주 웃었다. 빈 시간을 채우는 건 사소한 우연과 인연, 게으름과 낮잠과 산책 같은 것들이었다. 이번 여행 역시 어느 집의 마당에 앉아 있고 싶다는 단순한 바람이 가방을 꾸리게 했다.

금산여관은 전라도 순창 읍내에 있었다. 버스 터미널에 내려 좁은 골목길을 5분쯤 걸었을까. '금산여관'이라 쓰인 오래된 간판이 꺽다리처럼 서서 손님을 반겼다. 사진으로만 본 사람을 처음 만나듯 괜스레 마음이 설렜다. 기대에 차서 대문 앞에 당도했지만, 한옥의 문은 굳게 닫혀 있었다. 대문 옆 나무판자에 적힌 번호로 전화를 걸자, 지금 근처에서 밥을 먹고 있으니 대문에 걸려 있는 자전거 자물쇠를 돌려 따고, 오른편 푸른 문이 칠해진 방에 들어가 짐을 부려 놓고 한숨 돌리면서 집을 구경하고 있으라는, 그런데 밥은 먹고 왔느냐 묻는 친근한 목소리가 와르르 쏟아졌다. 나는 고분고분 자전거 자물쇠를 돌려 대문을 열고, 푸른 문의 방을 찾고, 짐을 부려놓고서는 마침내 그 마당 앞에 앉아 숨을 골랐다.

여름이 지나 초록의 무성함이 수그러든 뒤였으나, 사진에서 본 것과 같은 마당이었다. 키 큰 목련과 무화과나무, 소복이 모여 앉은 다육이들이 볕 드는 마당을 사이좋게 채우고 있었다. 처마 끝에서 풍경처럼 흔들리는 녹슨 열쇠, 옛 여관방에서 내다 놓은 듯한 브라운관 텔레비전과 낡은 전화기, 알록달록 칠해진 미닫이문, 천으로 짠 해먹 같은 것들이 오래도록 앉아 있고픈 마당의 정취를 더해주었다. 이런 마당이었구나……. 아무것도 아닌 이유가 조용히 채워지는 순간이었다.

▌잠든 우리의 머리맡을 까치발로 지나가는 이야기들

금산여관은 여관의 이름을 한 게스트하우스다. 한옥 게스트하우스를 열고 싶다는 생각으로, 마음에 드는 한옥을 찾아 전국을 떠돌던 주인 언니가 결국은 '등잔 밑' 같은 자신의 고향 순창에서 이 집을 발견했다고 한다. 1938년에 본채가 지어지고, 몇 사람의 주인이 바뀌면서 행랑채가 더해졌으며 약 40년 동안 실제로 여관으로 운영되던 곳이다. 그 후 여관이 문을 닫으면서 12년간 폐가처럼 방치되어 있던 곳을 쓸고 닦고 고치고 매만진 끝에 지금의 모습을 갖추게 되었다 한다. 금방이라도 무너질 것 같던 집을 부수고 새로 짓는 대신, 되도록 그대로 살리려 한 마음 덕분에 77년 된 한옥은 옛집의 기억을 고스란히 품을 수 있게 되었다.

그래서일까. 천장이 낮은 방에 누우면, 이 여관의 방 한편에 몸을 뉘였을 오래전 손님들이 상상되곤 했다. 들고나는 사람들이 많은 터미널 근처, 갖가지 사연의 손님들이 저 바깥의 골목에서 불 밝힌 여관의 간판을 발견하고는 걸음을 서둘렀을 것이다. 좁은 방에 몸을 뉘일 때 어떤 고단한 사연이 함께 몸을 뉘였을까. 혼자서 온 말수 적은 사내도, 손을 잡고 들어선 젊은 연인도, 보따리 짐을 가득 짊어지고 온 가족도 저마다의 사연으로 누워 서까래를 올려다보았을 것이다. 그 밤, 모두가 곤한 잠을 잤을까? 낯선 잠자리에서 뒤척이느라 몇 개의 꿈을 건너다니진 않았을까?

그런 생각을 하다 보면 뜨끈해진 아랫목의 기운에 까무룩 잠이 들기도 했다. 목까지 끌어올린 광목 이불에선 고소한 햇볕 냄새가 났다. 뒤척일 때마다 사각거리는 소리가 누군가 도란거리는 말소리 같기도 했다. 새로 바른 벽지 아래에도, 골목으로 난 작은 창의 틈새에도, 이 집의 오래된 이야기들이 쌓여 있을 터였다. 그럼 이런 생각도 드는 것이었다. 사람이 없는 집은 금세 망가지기 쉽다 하는데, 이 집은 12년간 새 주인을 기다리며 무너지지 않고 버텨주었다. 어쩌면 이곳에 몸을 뉘인 이들이 꾸었던 숱한 꿈들이, 그들이 나눈 이야기가 떠나지 않고 남아 지붕을 받치듯 이 집의 무너짐을 견뎌준 건 아닐까 하고.

▌눈이 오는 날, 이곳에 다시 오겠다고

금산여관을 떠나는 날 아침엔 안개가 자욱했다. 안개 낀 날이
으레 그렇듯, 해가 나면서 날씨는 어느 때보다 화창해졌다. 다
른 방 손님들은 근처 명소를 찾아가느라 일찍들 떠나고 없었다.
방이 비자 주인 언니는 여느 때처럼 광목 이불을 모두 마당으로
내어 와서 말렸다. 몇 시 버스로 올라갈지 아직 정하지 못한 우
리는 해가 드는 쪽으로 자리를 옮겨가며 마냥 앉아 있었다. 햇
볕에 마르는 새하얀 이불을 보고 있는 것만으로 마음이 바삭해
지는 기분이었다.

여관을 얻기 전, 주인 언니는 창문이 없는 백화점에서 비가
오는지 눈이 오는지도 모른 채 20여 년간 일을 했다 한다. 그래
서 자주 여행을 떠났다고도. 창이 없는 생활에, 여행은 스스로
창을 내는 유일한 길이었을 것이다. 한옥에 살고부터는 일주일
을 집 밖으로 나가지 않아도 바깥세상이 궁금하지 않았다는 그
녀의 말은, 마루에 앉아만 있어도 알 수 있었다. 맑은 날엔 마당
가득 들어찬 햇살을 보며, 비 오는 날엔 처마에 떨어지는 빗소
리를 들으며 앉아 있을 수 있는 집이었다. 이제 마음에 부러 창
을 내지 않아도, 눈 닿는 모든 풍경이 열어둔 창인 셈이다. 그러
니 오로지 저 마당을 내다보고 싶다고 찾아온 나 같은 여행자
도 있을 법했다.

지난밤 이불 속에서 뒤적인 방명록엔 나 같은 마음을 가진 누군가가 있었는지, 시 한 구절이 적혀 있었다.

지실마을 어느 집을 지나다
오래된 한옥 한 채와 새로 지은 별채 사이로
수더분한 꽃들이 피어 있는 마당을 보았다.
나도 모르게 열린 대문 안으로 들어섰는데 (……)
―저어, 방을 한 칸 얻었으면 하는데요.

　　　　　―나희덕, 「방을 얻다」 중에서, 『사라진 손바닥』, 문학과지성사, 2004

어쩌면 세상의 모든 여행자들이 그런 마음으로 계속해서 어딘가를 헤매고, 다시 또 떠나고 하는지도 모르겠다. 그 시를 옮겨 적은 이 역시, 여기 금산여관에 '내 언제든 올 수 있는 방을 한 칸 얻어놓았다' 말하고 있었다. 오래 세 들어 살고 싶은 풍경, 마음이 고단해질 때면 생각나는 곳, 살다가 불현듯 그리워지면 또다시 찾아오고 싶은 곳…… 그런 곳을 가진 이는 마음에 자기만의 창을 낸 사람일 것이다.

처음 나에게 이 집의 마당을 알려준 블로그엔 눈 내린 금산여관의 풍경 또한 들어 있었다. 나무들이 아직 푸른 잎을 다 떨구어 내지 않은 마당을 바라보면서 나는 겨울의 풍경을 떠올렸다. 저 나무 위에, 처마 위에 하얀 눈이 소복하게 내린 풍경은 또 어떨까.

그때는 추위에 발가락을 꼼지락거리면서도 대청마루 위에 하염없이 앉아 있겠지. 기약 없으면서도 그렇게 말하지 않을 수가 없어, 나는 대문을 나서며 인사했다.

눈이 오면, 눈이 오는 날에, 다시 올게요.

눈 내리는 날은 언제나 좋은 날

가능하면 나이를 아주 많이 먹어서도, 내리는 눈을 반가워하는 사람이고 싶다. 퇴근길의 교통 정체나 다음 날 질퍽댈 더러운 골목길 같은 것을 걱정하지 않고, '눈 오는 날'이라는 행운을 다만 반가워하는 사람.

▎눈이 내리면 제일 좋아하는 일을 해야지

눈이 내리면 우리, 통유리 창이 있는 이자카야에 앉아 술을 마시자. 서늘한 바람이 불고 날씨가 추워지기 시작하면 나는 조급하게 굴면서 자꾸 그런 다짐을 받아둔다. 눈이 내린다면 모름지기 그런 풍경에 앉아주어야 예의가 아닌가 싶어서다. 뿌옇게 김이 서린 창, 조금씩 흩뿌리다가 이내 펑펑 내리기 시작하는 눈, "눈 온다!" 누군가 외치면 일제히 창밖으로 향하는 시선, 서로를 모르고서 들어왔다가 술에 취하면 괜히 친밀한 기분이 드는 사람들, 눈가래로 가게 앞을 치우는 주인들의 바쁜 손놀림…….
겨울의 풍경을 채우는 그런 것들이 좋다.

어느 겨울엔가는 동네 이자카야에서 술을 잔뜩 마시고서 삽살개처럼 골목길을 뛰어다닌 적 있다. 뛰어다니면서 뭘 했느냐면, 집으로 돌아오는 골목길에 주차되어 있는 차들의 앞 유리를 닦아주었다. 코트 소매 끝을 바투 잡고, 양팔을 와이퍼처럼 만들어서는 이쪽으로 슥슥, 반대쪽으로 슥슥. 두 번만 움직이면 쌓인 눈이 푸스스 한쪽으로 치워졌다.

눈이 그칠 때까지 술을 마실 요량이었는데, 밤새 눈이 그치지 않았으므로 그때 시간이 새벽 6시쯤 됐을까. 밤새 마셔 취한 채로, 이 차들 모두 곧 출근해야 할 텐데 눈이 쌓여서 큰일이야! 뭐 그런 걱정을 했던 것 같다. 애인이 그런 내 뒤를 좇아 함께 뛰었다. 삽살개 같은 나를 말리기에는 저도 이미 취해서 그런 나를 보며 와하하하, 만화 속 말풍선 같은 것을 하늘에 띄우며 웃고 있었다.

자원봉사 하듯 두 개의 골목을 클리어 하고 오르막길 끝에 있는 교회 앞에 다다랐다. 누군가 부지런하게 일찍부터 치워둔 눈이 가로등 아래에 수북이 쌓여 있었다. 푹신해 보이기에 대뜸 누웠다. 와아…… 가로등 불빛에 비친 흩날리는 눈송이가 벚꽃잎처럼 고왔다.

너도 누워봐. 내가 눈 더미를 팡팡 치며 재촉하자, 애인은 좀 망설이는 듯하더니 따라 누웠다. 예쁘다, 그치. 응. BGM까지 더해지면 정말 근사할 거라고 생각한 순간, 아스팔트 바닥을 긁는 눈가래 소리가 들렸다.

새벽 예배를 준비하러 나온 아저씨들이 바로 곁에서 눈을 치우고 있었다. 덧쌓이고 있는 눈 더미인 줄도 모르고, 좋다고 누워 드라마를 찍고 있었던 셈이다. 그제야 술이 좀 깨는 기분이었다. 보고도 못 본 척해주시는 아저씨의 묵묵한 눈가래가 내 발치까지 와서 밀어댔으므로 머쓱해져서 일어났다.

미끄러질까 종종걸음으로 집으로 돌아가며 당분간 저 앞으론 못 지나다니겠다, 얘기했다. 새벽길 눈을 치우던 아저씨들은 잔뜩 쌓아놓은 눈 더미에 드러눕는 취한 커플을 보며 좋을 때다, 뭐 그런 생각을 하셨으려나.

돌아보면 그때는 정말 좋을 때였다. 손에 꼽을 만큼 눈이 많이 왔고, 내리는 눈의 양만큼이나 기분이 좋았으며, 그렇다면 내가 제일 좋아하는 일(그건 역시 통유리 창이 있는 이자카야에서 눈이 그칠 때까지 술을 마시는 일이었다!)을 해야겠다고 생각했었던 그 겨울이. 그건 순전히 눈 덕분이기도 했다. 그러니 그런 겨울을, 눈 내리는 날을 기다리지 않을 수가 있을까.

▍가장 좋은 순간은 지금도 흐른다고

겨울의 어느 하루는 궁에 갔다. 밤새 눈이 내렸고, 오전에 마침 반차를 써둔 날이었다. 2시까지 회사에 들어가야 하니 그렇다면 조금 일찍 나서서 눈 내린 창경궁을 걸어봐도 좋겠다, 생각했다. 날이면 날마다 오는 눈이 아니니까. 게다가 눈 내린 궁을

눈 내리는 날은 언제나 좋은 날

걷는 행운은 1년 중에서도 몇 번 찾아오기 힘든 기회이므로.

졸업을 하고, 취업을 하고, 출퇴근으로 이루어진 삶을 시작하면 우리는 생각보다 하루의 많은 시간을 일에 할애해야 한다는 사실에 놀라게 된다. 이렇게 일만 하다 평생이 가겠구나 싶어지는 날도 있다. 출근해서 밀린 업무를 처리하고, 사람들을 만나고, 일을 하고 있는 와중에도 해야 할 일의 목록이 자꾸 늘어나다 보면, 쉽게 잊게 된다. 일 바깥에도 삶이 있다는 걸. 그래서 틈틈이 일상에 여백을 만들지 않으면 안 된다(고 매번 다짐한다). 일과 일 사이, 스스로 '틈'을 만들지 않으면 진짜 하고 싶은 것들은 영영 못 하며 살게 되기 때문이다. 너무 열심히 살고 있다는 생각이 들 때마다 나를 말리고 싶어지는 것도 그런 이유에서다.

창경궁에는 사람들이 제법 많았다. 소나무 사이로 난 오솔길에, 감청색 처마 위에 하얗게 눈이 쌓인 풍경을 보려고 어디선가 집을 나섰을 사람들. 그 속에 섞여 궁 안을 느릿하게 한 바퀴 도는 동안 차츰 마음이 차오르는 게 느껴졌다. 일상에서 드물게 고요한 시간이 주는, 그보다 드문 마음이었다. 일부러 찾아오지 않았더라면, 평소처럼 출근할 시간이 다 돼서야 후다닥 집을 뛰쳐나와 버스에 올랐더라면 느끼지 못했을 마음이기도 했다.

"나는 눈 내리는 거 싫더라. 차만 막히고, 녹으면 더럽고."

누군가 이런 말을 할 때면 무슨 뜻인지 이해야 하지만 곧 의아해진다. 내리는 눈을 보며 우리는 언제부터 그런 생각을 하게 되었을까? 눈이 더 이상 반갑지 않아지는 순간 어른이 되는 거라는데, 내리는 눈의 아름다움을 보지 않고 아직 일어나지 않은 일을 걱정하는 것은 정말 어른의 일이다. 아이들은 눈을 보며 그런 생각은 하지 않으니까. 지금의 눈을 순수하게 반가워하며 그 눈으로 무얼 하면 더 즐거워질까 궁리할 뿐. 그러니 내리는 눈앞에 더 이상 기뻐하지 못할 때, 우리는 일어나지도 않은 일을 걱정하며 현재를 그런 식으로 날려버리는 것이다. 지금 창밖으로, 이번 겨울의 가장 아름다운 순간이 흐르고 있다는 것도 모르는 채로.

"이런 날 오니까 좋다."

궁을 되돌아 나오는데, 앞서 걷던 낯선 이가 말했다. 마음속으로 혼자 대답한다. 정말 좋다고. 이런 날이 있어서, 살아갈 기운이 나기도 한다고. 발가락이 시려 앞서 걷는 사람들의 발자국을 따라 밟는데, 다시 눈송이가 날리기 시작했다. 함박눈이다! 이번엔 뒤에서 누군가가 그렇게 말했고, 우리는 추운 것도 잊고 멍하니 서서 나풀나풀 내리며 굵어지는 눈송이들을 바라보았다. 그런 순간엔 누구도 차가 막히기 전에 어서 가자든가, 걸음을 서두르자든가 하는 말은 하지 않았다.

언젠가 읽은 책에서 행복의 메커니즘에 대한 연구 결과를 본적 있다. '행복의 기쁨은 강도가 아니라 빈도'라는. 아무리 대단한 성취나 환희도 시간이 지나면 무뎌지기 마련이므로, 믿을 수 없을 정도로 커다란 기쁨을 한 번 느끼는 것보다 다양하고 자잘한 즐거움을 자주 느끼는 것이 행복한 삶에는 훨씬 유리하다는 것. '얼마나 많이'가 아니라 '얼마나 자주'. 그렇게 되뇌며 나는 책의 한쪽 귀퉁이를 접어두었다.

그러니 우리가 보낼 이 겨울도, 눈이 아주 많이 오는 겨울보다 눈이 자주 오는 겨울이기를. 그럼 좀 더 자주 사진을 찍고, 좀 더 자주 나누고픈 순간을 전송하며, 좀 더 자주 창문에 붙어 서서 웃게 되겠지.

바라는 것이 있다면 열 번, 스무 번의 눈 오는 날들을.

새해엔 그렇게 좀 더 자주, 눈송이 같은 행복을.

▮ 만나러 가야 하는 풍경이 있다

겨울이 시작되는 순간부터 눈을 기다리고, 이제는 꽃봉오리가 맺혀서 봄이라고 할 만한 때가 왔을 때에도 어쩐지 한 번쯤 더 눈이 내리지 않을까 기대하는 것은 흔한 눈 덕후의 마음이다. 그러다 보니 겨울의 시작부터 눈을 기다렸지만, 눈다운 눈이 오지 않은 겨울은 그토록 시시할 수가 없다. 어째서! 겨울인데! 원망을 가득 담아 쨍하게 맑기만 한 겨울 하늘을 노려본다.

정 서운할 땐 눈을 찾아가는 수밖에 없다. 오지 않는다면 내가 만나러 가야겠다, 하는 마음으로. 고향도 산골마을이라 눈이 많이 올 때가 있지만, 좀처럼 눈과 날짜를 맞추기가 힘들다. 나로 말할 것 같으면, 고향에 눈을 보러 가면 서울에 함박눈이 오고, 벚꽃 보러 남쪽으로 가면 정작 남쪽은 이상한파로 기온이 뚝뚝 떨어지는데 여의도 윤중로에 벚꽃이 만개하는, 그런 기막힌 타이밍을 가진 사람이기 때문이다.

그래서 사실 내리는 눈을 보러가긴 힘들고, 내린 눈이 녹기 전에 서둘러 찾아가는 정도는 할 수 있다. 언젠가는 눈 내린 한라산을 찾아간 적 있다. 서울에서부터 마음을 단단히 먹고 아이젠까지 준비했지만, 하루 사이 눈이 어느 정도 녹아버려 아이젠은 애꿎은 땅바닥만 짚을 뿐이었다. 소용없어진 아이젠을 벗고 가뿐한 운동화 차림으로 산을 올랐다. 중턱쯤 오르자 시선이 닿는 가장 먼 데까지 눈밭이 펼쳐진 믿지 못할 풍경이 나타났다. 발끝도 코끝도 시리고 다리도 아픈데 순식간에 내가 역시 이 맛에 산을 타지, 뻔뻔한 베테랑 등산인의 마음이 될 정도였다. 누군가 두고 간 빈 포대가 있어 산비탈에서 신나게 썰매도 탔다. 한라산을 내려와 기념으로 한라산도 마셨고.

비록 녹아가는 설산을 등산한 게 전부지만, 그래도 여행지에서 펑펑 내리는 함박눈을 만나는 꿈을 아직 버리진 않았다. 눈의 나라에 다녀온 친구가 들려주는 이야기 혹은 찍어온 풍경들 앞에선 어쩔 수 없이 그런 마음이 뭉게뭉게 피어오른다. 아이슬

란드에서는 말이야, 삿포로에서는 말이야, 할 때. 가보지도 못했으면서 머릿속에 그려지는 풍경들이 있다. 창문까지 눈으로 덮인 집에 갇혀 따뜻한 뱅쇼 같은 걸 마시면 정말 근사하겠지. 그런 생각이 들 때면 마음 속 지도에 핀을 꽂아둔다. 여기, 그리고 여기에 언젠가 꼭 가봐야지 하고.

언젠가 술자리에서 이제 내 나이도 일흔인데 남미에 가볼 수 있을지나 모르겠다던 어르신의 말을 들은 적 있다. 현실적으로 너무 멀고 힘든 여정일 것 같아 누구도 섣불리 지금이라도 가시면 되죠, 하는 말은 하지 못했다. 평생의 꿈이었던 곳에 못 가볼 만큼 바삐 살면서 우리가 이루려 하는 건 무엇일까? 어째서 산다는 일은 나를 데리고 내가 바라는 곳에 가기만도 힘든 걸까?

그런 생각 끝에는 늘, 가고 싶은 데는 되도록 가보며 살자는 결론에 이르게 된다. 어디에 가고 싶은지 내 마음을 가장 잘 아는 것도, 나를 마침내 그곳에 데려갈 사람도 결국은 나밖에 없다. 우리는 후회를 늘리려고 사는 것이 아니니까. 그래서 내리는 눈은 다시, 잊고 살던 약속을 상기시킨다. 언젠가 꼭 그런 풍경에 서보자는 약속, 내가 나와 한 약속을.

그럼 남은 날들이 기다려진다. 가보고 싶은 곳들이 여전히 남아 있는 한, 아직 오지 않은 무수한 오늘들은 살아볼 만한 날들이 되기 때문이다.

눈 내리는 날은 언제나 좋은 날

겨울엔 겨울만이 가진 정서가 있다. 춥기 때문에 움츠리며 종종걸음으로 걷고, 다시 따뜻해질 날을 기다리기 때문에 얻는 심상들. 그런 것들이 이 계절을 네 번째로 좋아하며 나게 해준다. 돌아보면 춥고 쓸쓸했던 일 못지않게, 즐거운 일도 많았다.

┃ 여든에도 기억할 만한 그런 날들

겨울의 술집만큼 속마음을 털어놓게 하는 곳도 없다.

　"그런데, 그렇다 해도 우리가 할 수 있는 게 뭐겠어. 그저 노는 것밖에."

　술자리가 길어지고 있었다. 이 시간이면 으레 쏟아져 나오는 답 없는 고민들로 테이블 한가운데에 호수가 만들어질 즈음, 그녀가 그 속에 툭 돌멩이를 던져 넣듯 말했다. 과연 요즘 둘째가라면 서러울 정도로 놀고 있는 이의 입에서 나올 법한 말이었다. 우린 말없이 앉아 그녀의 말이 만들어내는 동심원을 바라보았다. 아마 다들 비슷한 생각을 하고 있었으리라. 지금의 선택이, 매일 쌓이는 오늘이, 도무지 어떤 내일이 될지 알 수 없을 때(사실 그걸 알았던 적은 한 번도 없지만) 우리가 할 수 있는 건 어쩌면 노는 일뿐이다. 후회란 건 어차피 그림자처럼 내내 우리를 따라다닐 텐데, 무엇을 후회하게 될지 알 수 없으니 일단 노는 거라도 후회하지 않게 열심히 해야지, 뭐 그런 생각을 하기도 했을 것이다.

어렸을 때 엄마는 뷔페에 데려가면 김밥부터 떠오는 내 등짝을 맵게 때리곤 했는데, 맛있는 것부터 먹어야 내내 맛있는 것만 먹으며 살 수 있다는 삶의 지혜를 가르쳐주기 위해서였다(나는 김밥이 참말 맛있어서 먹은 거였지만). 노는 일도 이를테면 그런 게 아닐까. 삶이 뷔페처럼 다양한 일들로 이루어져 있다면 제일 재미난 노는 일부터 열심히 접시에 떠와야 한다. 그래야 내내 맛있게 재밌다가 배부를 수 있다. 삶이 한 평생이니 길 것 같지만 놀 시간은 늘 부족하다. 그건 한 해가 갈 때마다 안타깝게 깨닫는 사실.

공교롭게도 사흘 뒤에 만난 동생 역시 요즘 둘째가라면 서러울 정도로 놀고 있었다. 주말에 어디 안 나가고 가만히 앉아 있으면 둥둥 몸을 울리는 스피커 소리가 이명처럼 들려온다는, 이쯤 되면 노는 일로 금단증상을 겪고 있다고 봐야 할 그녀는, 이런 재미를 이제야 알게 된 게 억울하단 표정으로 말했다.

"지금부터 11, 12월을 진짜 재밌게 보낼 거야. 친구랑 얘기를 하다가 그랬거든. '우리, 나중에 여든이 되어서도 기억할 만한 두 달을 보내자. 나중에 할머니가 되어서 둘이 따뜻한 햇볕 아

래 앉아 있다가 문득 떠올리는 거야. 그때…… 스물일곱의 11,
12월은 참 대단했었지. 우리 그때 참 즐거웠어. 그런 시간 말이
야.' 그랬더니 친구가 말이 없는 거야. 너무 한심해서 그러나 싶
었는데, 걔가 갑자기 내 손을 잡으면서 이러는 거야. 야, 나 지
금 감동했어…….”

　우리는 깔깔 웃으며 맥주를 마셨다. 그런데 실은 나도 좀 감
동해버려서, 그런 11월, 12월은 어떤 것일까 생각했다.

　“언니, 실은 울 엄마가 그래. 옛날이야기를 할 때마다 늘 스물
넷에서 스물다섯까지 보낸 1년을 얘기하는 거야. 그때가 아마
엄마 기억엔 제일 빛나는 시기인가봐. 들어보면 특별할 것 없는
시간인 것 같은데도 그래. 근데 또 그 별것 아닌 얘기를 듣다 보
면 알겠어. 엄마가 그때 참 예뻤을 거라는 걸. 동대문에 원단 떼
다 팔던 아저씨가 엄마를 그렇게 쫓아다녔다는데. 그 아저씨랑
엄마가 잘 되었더라면 어떻게 됐을까?”

　그러니까, 그런 이야기. 나이를 먹고 난 뒤에도 그 시절을 함
께 보낸 친구를 만나, 혹은 들은 얘기를 또 듣느라 지겨워하는
자식을 앞에 두고 또다시 반복할 이야기. 그런 것을 만들고 싶
어서 우리는 여전히 먹고 마시고 울고 웃으며 밤새 낯선 곳을
헤매는지도 모르겠다.

▎네 번째로 좋은 계절에 좋은 것들을

굳이 따지자면 나는 사계절 중에 겨울을 네 번째로 좋아한다. 일단은 추위를 많이 타기 때문이고, 추위 때문에 몸이 움츠러들어 자연스레 행동반경이 줄어드는 게 별로여서다. 가려던 곳도 안 가고 싶어지고, 외투를 꺼내 입었다가도 다시 벗게 된다. 겨울잠을 자는 동물이나 깊은 침묵에 빠진 식물들처럼, 웅크린 채 한 계절을 나다 보면 기분도 자연스레 가라앉는다. 그 기분에서 벗어나려 어딘가로 나서 봐도 따뜻한 계절과는 달리, 스산한 곳에서 더 스산한 마음이 드는 것도 별로다. 그렇지만 겨울엔 겨울만의 정서가 있다. 바로 그런 계절이기 때문에, 춥기 때문에 얻는 심상들.

종종걸음으로 문을 열고 실내에 들어서면, 안경에 김이 서리는 계절. 매번 처음 보는 것도 아니면서 안경, 하고 손으로 가리키며 웃을 때의 짧은 즐거움. 오래된 지붕들을 가진 동네에 함박눈이 내리는 따스한 정경, 처마 끝에 눈 녹은 물이 매달려 만들어진 고드름, 그런 동네에 사는 친구 집을 찾아가 이불을 나누어 덮고 차가운 맥주를 마시는 밤. 추우니까 오늘은 그냥 자고 갈까 싶을 때면 멀리 여행 온 듯한 기분이 드는 것. 그럼에도 배웅하는 친구에게 추우니까 얼른 들어가, 말하고선 골목길을 내려오는 것. 현관문을 열고 꺼져 있던 집 안의 불들을 모두 켜고, 보일러를 높이고, 따뜻한 물로 샤워를 하다 보면 비로소 집에 돌아온 기분이 드는 그런 것……. 그 모든 것들이 이 계절을 네 번째로 좋아하며 나게 해준다. 돌아보면 춥고 쓸쓸했던 일 못지않게, 즐거운 일도 많았다.

어떤 밤엔 그렇게 집으로 돌아오던 길, 동네 버스 정류장에 내려선 순간 겨울 공기가 참 좋다고 생각한 적 있다. 히터로 데워진 버스 안에서 발갛게 달아올랐던 뺨을 찬 공기가 식혀 주었다. 고개를 드니 빈 나뭇가지 사이로 아직 다 차오르지 않은 달이 빛나고 있었다. 물에서 막 꺼낸 듯 맑게 빛나는 달이었다. 그런 밤엔 숨을 깊이 들이마시게 된다. 걸음을 내딛으며 나도 모르게 중얼거렸다. 아, 좋다. 그렇게 말하고 나니 정말 기분이 좋아져서, 동네를 한 바퀴 산책하고 들어갔다. 추위도 잊고서.

네 번째로 좋아하는 계절이라고 해서 지나가기만을 기다리려 하면 겨울은 더욱 길게만 느껴질 것이다. 그건 어떤 계절이어도 마찬가지다. 봄의 소란스런 꽃놀이를, 여름의 불볕더위를, 가을의 쓸쓸함을 피하고 싶은 사람들에게는 그 한때가 기나긴 계절이 되겠지. 하지만 이왕이면 어느 계절을 지나든 보물찾기하듯 그 속에 숨겨진 기쁨을 찾아내는 사람이고 싶다. 누가 겨울 속에 이런 걸 숨겨놓았네! 두어 번 접힌 하얀 쪽지를 발견하고 기뻐할 줄 아는 사람이. 그것이 네 번째로 좋아하는 계절을 나는 나만의 방법이다.

무엇보다, 사계절 중 겨울을 제일 싫어한다고 말하는 것보다야 네 번째로 좋아한다고 말하는 것이 낫다. 우리는 사실 어떤 계절도 진심으로 싫어하진 않으니까. 그건 역시나, 돌아보면 좋은 일들도 많았기 때문에.

┃ 어쩌면 당신에게, 이번 겨울이

겨울의 끝에서 드는 생각. 요즘은 왜 이렇게 많은 것을 기억하고 싶어지는 걸까. 어쩌면 기억하는 것으로밖에 할 수 없는 무언가가 있기 때문인지 모르겠다. 어떤 순간은 기억이 되어서야 깨닫게 된다. 그것이 어떤 의미가 있는 순간이었는지, 다시 오지 못할 얼마나 소중한 순간이었는지. 그러니 현재를 지날 때는 무언가를 알려하기보다 그저 매 순간을 느끼는 일에 집중하는 편이 낫다. 시간이 지난 뒤에, 기억이 된 그 순간이 좀 더 선명할 수 있도록.

이를테면 무엇 때문에 그렇게 웃었는지 기억나지 않지만 참 많이 웃었던 날들. 그때의 농담들은 사라졌지만, 종종 밤의 한강 다리 위를 스쿠터를 타고 달리면서 느꼈던 바람의 감촉만은 선명하다. 길을 걷다가 멈춰 서서 바라보았던 숱한 노을, 높은 곳에 올라 바라본 도시의 야경, 좋다는 말을 아낀 채로 나란히 앉아 말없이 바라보았던 풍경들. 그게 왜 잊지 못할 순간이 되었는지, 멀어진 지금에야 알 것 같다.

> 30초 안에 소설을 잘 쓰는 법을 가르쳐드리죠. 봄에 대해서 쓰고 싶다면, 이번 봄에 무엇을 느꼈는지 쓰지 말고, 어떤 것을 보고 듣고 맛보고 느꼈는지를 쓰세요. 사랑에 대해서 어떻게 생각하는지 쓰지 마시고, 사랑했을 때 연인과 함께 걸었던 길, 먹었던 음식, 봤던 영화에 대해서 아주 세세하게 쓰세요. 다시 한 번 더 걷고, 먹고, 보는 것처럼. 우리의 감정은 언어로는 직접 전달되지 않는다는 걸 기억하세요. 우리가 언어로 전달할 수 있는 건 오직 형식적인 것들뿐이에요. 이 사실이 이해된다면, 앞으로 봄이 되면 무조건 시간을 내어 좋아하는 사람과 특정한 꽃을 보러 다니시고, 잊지 못할 음식을 드시고, 그날의 기온과 눈에 띈 일들을 일기장에 적어놓으세요. 우리 인생은 그런 것들로 형성돼 있습니다. 그렇다면 소설도 마찬가지예요. 이상 강의 끝.
>
> ─김연수, 『우리가 보낸 순간(소설)』 중에서, 마음산책, 2016

나는 이 이야기를 무척 좋아해서 노트에 몇 번씩 옮겨 적곤 했다. 쓰는 일이 아니어도, 내겐 이것이 한 계절을 건너는 방법에 대한 은유로 들린다. 어떻게 하면 선명한 기억을 갖는가에 대한 대답도 된다. 다시 처음의 얘기로 돌아가자면, 여든이 되어서도 기억할 만한 겨울을 보낸다는 게 그리 어렵지 않을지도 모르겠다는 생각이 든다.

이번 겨울엔 무조건 시간을 내어 좋아하는 사람과 눈 내린 풍
경을 보러 다니고, 잊지 못할 음식을 먹고, 그날의 기온과 눈에
띈 일들을 일기장에 적어야지. 우리 인생은 그런 것들로 형성돼
있으니까. 그럼 당신에게도 나에게도 어쩌면 이 겨울이, 여든이
되어서도 기억날 만한 단 한 번의 겨울이 될지도 모르겠다.

떠날 때마다 나는 여전히 생활에 절취선을 두는 기분이다. '여기서부터 또 다른 날들' 하고. 그럼 주머니 속에 가벼운 용기를 집어넣고서 걷는 것 같다. 어디를 가든, 무엇을 하든, 누구를 만나든 부푼 마음의 공기가 꺼지려고 할 때면 주머니 속을 매만진다.

▌여행이라는, 작고 가벼운 용기

「해피 해피 브레드」라는 일본 영화를 본 적 있다. 영화의 주된 배경은 도야코 호수의 건너편에 있는 카페 '마니'다. 매일 아침 정성껏 내려지는 고소한 커피와 갓 구운 빵, 제철 채소로 만든 소박한 요리, 그리고 멀리서 찾아온 손님이 머물 수 있는 따뜻한 침대가 준비되어 있는 곳. 그곳에 어느 날, 카오리라는 손님이 찾아온다.

생일을 맞아 연인과 함께 오키나와 여행을 계획했지만, 일로 바쁜 애인에게 바람 맞고서 오키나와의 정 반대편인 홋카이도로 온 그녀는 상심이 크다. 첫째 날 저녁, 속상함에 와인을 잔뜩 마신 카오리는 카페의 주인 부부와 근처에 살다 쉬러 온 청년 토키오에게 신세 한탄을 늘어놓는다. 그러고선 밤이 깊도록 카페 앞 풀밭을 뒹굴면서 엉엉 운다(애꿎은 풀밭에 온몸으로 길을 내며 데굴 데굴 구르는데 그 모습이 좀 귀엽긴 하다). 어쨌든 내가 기억하는 것은, 이튿날 카오리와 토키오가 나누던 대화다. "나를 별 볼 일없는 애라고 생각했지?"라고 묻는 카오리에게 토키오는 대답한다.

"그랬죠. 그래도 자신이 별 볼 일 없다는 것을 알고 있는 사람이 어른이라고 저는 생각해요. 그래서 어제 그런 카오리 상을 봤을 때 웃었어요. '정말 열심히 행복해지려고 하는구나' 싶어서요. 그렇게 행복해지려고 발버둥 치지 않는 사람은 행복해질 수 없다고 생각해요. ……더 발버둥 치고 소리 지르고 그래도 괜찮아요."

말이 없는 카오리에게 그는 처음으로 자신의 이야기를 한다.

"저는 매일 철도의 길을 바꾸는 일을 해요. 기차가 가는 길의 방향을 바꾸기 위해 선로를 움직여주는 일이요. 그러다 보면 '선로는 이렇게 간단히 바꿀 수 있으면서, 내 인생은 그러기 힘들구나' 하는 생각이 들어요. 철길은 보이지 않는 데까지 계속 이어져 있는데, 정작 저는 홋카이도를 벗어날 수가 없어요. 저는…… 발버둥 친 적이 없거든요."

발버둥 치고 싶어 떠나온 길도 아닌데, 제주로 향하는 비행기 안에서 왠지 그 영화를 떠올렸다. 그건 이상한 일이었다. 나는 그 영화를 볼 때 얼마쯤 삐뚤어진 마음이었으므로. 그림책 속에서 꺼낸 듯한 평화로운 일상과 아름다운 풍경, 그 속에서 쉽게 치유되는 상처들이 내 것 같지도, 너의 것 같지도 않았다. 현실이 아닌 영화 속에서 살아가는 누군가의 삶에서나 가능할 일들, 그렇게 생각했다. 그런데도 시간이 흘러, 조그만 창으로 바다가 내려다보이는 비행기 안에서 그 영화 속 대화를 떠올렸다.

어쩌면 내게는 곧 도착할 작고도 너른 섬이, 호숫가 옆 카페 마니와 비슷한 느낌을 주어서일까. 생활 속에 없기에 얼마간 비현실적인 평화와 위로를 주는 곳. 혹은 제주를 찾는 어떤 이들은, 카오리처럼 말 못할 사연을 안고서 풀밭을 뒹굴며 엉엉 울고 싶어 할지도 모르겠다. 그러다가 더러 토키오처럼 낯설지만 좋은 친구를 만나, 위로하려고 건넨 것이 아닌 말에 더 큰 위로를 받기도 하겠지. 어쨌든 생활을 떠나오는 모든 여행은 비슷한 상념을 불러일으킨다. 그곳이 얼마나 가깝거나 멀든, 그 여행이 얼마나 길든 짧든 간에.

서울을 떠나 제주로 가는 길은 내게 늘 시간에 어떤 '틈'을 만드는 느낌이다. 이 시간은, 또 이곳은 익숙한 생활의 경계 안에 없는 시간이자 없는 장소. 생활과 여행에 분명한 구분을 두는 건 내가 성실하지 못한 생활자여서일까, 아직 서투른 여행자여서일까. 떠날 때마다 나는 여전히 생활에 절취선을 두는 기분이다. '여기서부터 또 다른 날들' 하고. 그럼 주머니 속에 가벼운 용기를 집어넣고서 걷는 것 같다. 어디를 가든, 무엇을 하든, 누구를 만나든 부푼 마음의 공기가 꺼지려고 할 때면 주머니 속을 매만진다. 매일 선로의 방향을 바꾸면서도, 정작 자신의 삶의 행로를 바꾸지는 못했던 토키오에게 필요했던 그것. 작고 가벼운 용기. 사실 세상의 모든 여행에 필요한 것은 단지 그것뿐이다.

▎대책 없는 나날들

제주에서 머문 나날은 한마디로 '여행 반, 생활 반, 산책 많이'였다. 첫 직장을 막 그만둔 무렵이었다. 이제부터 뭘 어떻게 해야 하지 하는 불안함과 어떡하긴 뭘 어떡해, 놀아야지 하는 홀가분함이 마음 속에서 매일 엎치락뒤치락했다. 늘 비슷한 일상이 이어지던 서울 말고 어딘가 먼 데로 가서 한동안 지내다 오고 싶었다.

그리하여 부모님 몰래 서울의 자취방을 빼서 제주에 집을 얻은 지 1년째인 대책 없는 친구 집에, 대책 없이 얹혀 지내기를 며칠째. 눈치를 줘도 떠나지 않을 작정이었지만, 다행히 눈치를 주지 않아 제집인 양 늘어져 있었다. 혼자가 아닌 둘이다 보니, 두 배로 대책 없는 기분이 드는 것도 나쁘지 않았다.

날씨가 좋은 날이면 아무 길이나 택해 많이 걸었다. 걷다가 동네 아주머니들이 주시는 귤을 넙죽 받아먹고, 다리가 아프면 길바닥에 앉아 아무 데서나 나타나는 동네 개들과 잠시 놀고,

또 걸었다. 바닷가에 버려진 나무상자들이나 수풀이 우거진 빈 집이나 녹슨 철제문을 찍는 나를 친구는 폐허 페티시가 있냐며 놀리고, 처음 보는 풀과 꽃만 발견하면 달려가 사진을 찍지만 정작 이름을 물으면 하나도 모르는 친구를 나는 비웃었다.

그래 봤자 같이 다닌 날은 손에 꼽고, 서로 신경 쓰지 말자며 지냈다. 각자 다른 하루를 보내고 저녁에 집에서 만나면 맥주 한 잔(혹은 두 잔 혹은 세 잔)을 마셨다. 친구가 기타를 치며 부르는 초 단순한 코드의 노래를 BGM 삼아(듣는 척하며) 딴짓을 했다. 간간이 노래를 만들게 된 사연이나 다른 뮤지션이 쓴 좋은 가사 얘기를 하다가 샛길로 빠져서 친구가 제목만 만들어둔 노래에 야한 가사를 붙이고 둘이 낄낄 웃기도 했다.

밤이면 베란다에 모포를 두르고 나가 창밖을 내다보았다. 오징어배의 밝은 집어등이 어디쯤인지 모를 먼 바다의 경계를 알려주었다. 저기쯤이 바다구나, 건물들 사이로 보이는 바다를 내다보며 우리는 하나마나한 이야기를 나누었다. 늘 불이 꺼져 있던 집 앞 모텔의 장사를 걱정하기도 하고, 맑은 밤하늘에 감탄하다 그런 소리 하면 내일은 꼭 날씨가 궂다고 서로를 타박하기도 하면서.

아침이면 같은 창을 열고서 건너편 건물 옥상에 거주하는 개에게 인사를 했다. 빨랫줄에는 늘 비가 와도 걷지 않는 빨래가 널려 있었고, 그 아래를 맴돌던 개가 간혹 멍멍, 인사를 받아주기도 했다. 바다 위로 매일 서울로 향하는 비행기가 뜨는데, 그걸 바라만 보고 있자니 기분이 좋았다. 현관문을 세차게 두드리는 바람 소리에 더 이상 놀라지 않는 것도, 늘 타던 버스인 양 익숙하게 일주버스를 타고 마음 내키는 곳으로 가는 것도. 여행을 떠나왔으면서, 새로이 생기는 생활의 감각이 반가워지는 것은 매번 겪어도 참 이상한 일이다.

▋어떤 하루는 저물지 않을 것처럼 길어서

선흘리 동백동산에 가려고 읍면 순환 버스를 탔다. 버스 안에 승객이 우리뿐이라 풍경이 잘 보이는 앞자리에 앉는다.

"어디 가려고?"

"동백동산이요."

"거기 뭐 볼 게 있다고 가. 귀신 나오는 데를."

농담 반 진담 반 건넨 기사 아저씨는 "내가 바로 귀신이야. 진즉에 죽었어야 할 목숨인데 아직까지 살아있지" 하신다.

어떻게 대답해야 할지 몰라 가만히 웃고만 있자, 재미난 얘기를 해주겠다 하신다. 그때부터 노란 볕이 쏟아져 들어오는 텅 빈 버스에 앉아 아저씨의 이야기를 들었다. 지난 삶 속에 일어난 기이한 일들과 막냇동생의 죽음, 가세가 기울고 부모와 자식들에게 못난 자식과 아비로서 살아가는 일에 대해.

많은 이야기를 들었지만, 그중 기억에 남는 건 죽은 막냇동생을 위해 열었다는 영혼결혼식 이야기다. 가파도에 아파서 죽은 처녀가 있다는 이야기를 들은 아저씨와 아저씨의 바로 아래 동생은 그 집을 찾아간다. 죽은 딸을 가슴에 묻었을 늙은 아비는 두 사람을 매몰차게 쫓아낸다. "그래도 열 번은 찍어보아야 했었다"고 아저씨는 회상하듯 말했다. 그리하여 여덟 번인가, 아홉 번인가 더 찾아갔을까. 늙은 아비는 두 사람을 방에 들이고 세 사람은 오랜 얘기를 나눈다. 동생이 너무 아까운 나이에 안타깝게 죽어 행복하게 해주고 싶다고 아저씨는 말한다. 허락만 해주신다면 살아있는 이들의 결혼식과 똑같이, 아니 그보다 훨씬 더 성대한 결혼식을 열고 싶다고.

죽은 이가 무엇을 바라는지, 무엇을 바라기나 하는지 알 수 있을까. 다만 살아남은 이들의 욕심이라 해도, 그럴 수밖에 없는 순간이 삶에는 있을 것이다. 마침내 늙은 아비는 결혼식을 허락한다. 승낙의 말을 듣는 순간, 함께 간 동생이 바다에 엎어지듯 쓰러져 펑펑 울었다고 아저씨는 말했다. 그리고 약조한 대로, 섬 동네에서 일찍이 본 적 없는 가장 성대한 결혼식을 올렸다고. 동네 사람들 모두가 입을 모을 정도로, 그렇게 큰 잔치가 없었다고. 아저씨는 살아오면서 몇 번이나 죽고 싶어 시도를 했지만, 그때마다 번번이 우연이라고 하기엔 놀라운 일들이 일어나 여태 살아남았다 했다. 그것이 다 막냇동생이 지켜주어서라고 아저씨는 굳게 믿고 있었다. 버스는 어느덧 종점에 이르렀다. 그는 문득 현실로 돌아온 듯 사과의 말을 쏟아냈다.

"미안하네, 이런 괜한 얘길 듣게 해서. 늙은 아저씨 얘기 들어주느라 고생만 했겠어."

자꾸 미안하다고 하시는 통에 아니라고 손사래 치며 내리는데, 문득 돌아본 얼굴이 쓸쓸하다. 뭐라도 따뜻한 말을 건네고 싶은데 어떤 말도 가볍게 들릴 것 같아 계단참에서 나는 한참을 머뭇대다 내렸다. 걷다가 돌아보니 텅 빈 차고지, 불 꺼진 버스 안에서 그는 다음 출발 시각을 기다리며 멍하니 앉아 있었다. 아무에게도 보이지 않으려는 얼굴은 왜 예외 없이 저토록 외로워 보이는 걸까. 빈 들판 위로 해가 조금씩 기울어가던 늦은 오후의 일이었다.

▌이토록 사소한 기억들

좀 더 어린 나이엔, 세상과 다른 자신의 어떤 부분을 답답해하기 마련이다. 하지만 시간이 좀 더 흐르면, 그런 자신을 자신으로 지키며 사는 방법을 조금씩 깨쳐가게 된다. 세상과 다른 방향, 세상과 다른 속도라고 해도.

내가 가진 아주 느린 속도 중 하나는 이런 것이다. 어린 시절, 나는 종종 마음을 전혀 다른 세상에 둔 채 하루를 보내곤 했다. 어떤 책을 읽거나 영화를 보거나 이야기를 들은 후에 그랬다. 거기에 사로잡혀 버리면, 그 후로 하루, 이틀, 사흘이 가도록 그 생각만 했다. 내가 마음을 쏟은 소설 속 인물이 있으면, 책에도 나오지 않은 그의 어린 시절을 상상하거나 하지 않은 말들을 생각한다거나 하는 식으로 마음을 다 쓴 끝에야 비로소 그 생각을 그만두었다. 그렇게 해야만 비로소 내 삶에서 '다음 시간'으로 넘어갈 수 있었다. 그 전까지는 계속 같은 시간에 머물러 있어야 했다.

이를테면 나는, 어딘가에 마음을 쏟은 하루를 살면 그것을 기억하기 위한 또 하루가 필요한 사람이었다. 이야기의 바깥에서 내가 다 알지 못하는 누군가를 만났을 때에도 다르지 않았다. 그런 식으로 같은 하루가 나흘이 되기도 했으므로, 시간은 늘 천천히 흘렀다. 기억은 점점 중요해졌다. 그 습관은 물이 스미듯 생활에 배어서, 나는 혼자서만 기억하는 사소한 것들을 자꾸 쌓아가는 사람이 되었다.

제주에서의 마지막 밤에도 늘 바다를 바라보던 베란다에 서 있었다. 내가 그리워할 것이 무엇인지를, 그런 순간엔 분명히 알 수 있었다. 너무나 사소한 기억들. 바람에 띄우면 날아가 버릴 만큼 무게가 가벼운 기억들. 창가에서 바라보던 오징어배의 밝은 불빛. 길 건너 정류장에 서는 일주버스를 내려다보며 바닷가를 달려왔을 그 안의 사람들을 상상하던 일. 바람이 불면 모포를 감아서 어깨까지 두르던 것, 조금씩 어지럽던 기분까지도.

공기가 찬 제주의 방을 채우던 조용한 사람들의 조용한 노래들. 가끔은 이 노래들을 만든 이들과 모여 앉아, 모닥불을 피워놓고 오래오래 이야기하고 싶기도 했다. 그런 밤이라면 분명 좋은 친구가 될 수 있을 것 같아서. 마을의 지붕들이 내려다보이던 언덕 위에 앉아 어두워지는 바다를 바라보던 것. 바위에 부딪쳐 솟아오른 파도에 신발을 적시고서 멍하니 서 있던 오후. 혹은 네가 보내준 노래를 들으며 오래 앉아 있던 몇 개의 정류장들. 해질 무렵, 나도 모르게 가만가만 노래를 따라 부르게 되는 순간이 좋았다. 낯선 이들과 함께 나눈 따스한 저녁, 바닷가 모래사장에 나뭇가지로 그림을 그리던 남자, 어디를 걷든 어디서나 나타나 촉촉한 까만 코를 손바닥에 부비던 강아지들······. 인생은 정말 그렇게 아무것도 아닌 것 같은 기억들로 이루어지는 걸까.

그러나 모든 얘기를 할 수는 없다, 언제나.

더 많은 이야기는 내 안에만 남을 것이다. 그 아득함과 안도감 사이에서 오늘도 몇 개의 기억을 쓴다. 마음의 끝에 닿을 때까지, 하루가 이틀이 되고 사흘이 되도록.

날짜별로 정리된 사진 폴더를 열어보면, 마지막엔 늘 노을 사진이다. 그러니까 매번 다른 장소에서 나는, 노을이 질 때마다 가만히 멈춰 섰던 모양이다. 거기 이유란 게 있을까? 그저 서쪽 하늘이 붉게 빛났으므로, 하루가 조용히 저물고 있었으므로 걸음을 멈추었을 것이다.

▌먼 옛날, 기억 속의 노을

봄날의 저녁 하늘은 곧잘 봉숭아 빛으로 물들곤 한다. 조약돌로 으깨어 손톱 위에 얹곤 하던 봉숭아 꽃잎의 색깔이 꼭 저랬다고 생각하게 되는 날이 있다. 여름이면 뭉게뭉게 피어난 구름들 위로 노을이 번진다. 여름 저녁의 구름들은 바람에 흩어지며 시시각각 모양을 바꾸어서 어느 계절보다 다채로운 하늘의 표정을 볼 수 있다. 가을에 지는 노을은 단풍을 닮아 있고, 겨울이면 맑고 쨍한 대기 탓에 노을이 세밀화로 그린 듯 더욱 선명해 보인다. 그러나 어떤 계절보다도 더 오래 기억에 남는 것은, 유년의 계절 위로 지던 노을이다.

어렸을 적, 해 지는 풍경 위를 길게 가르던 것은 저녁밥 먹으라는 엄마의 부름이었다. 흙장난을 하다가도, 강아지와 앞서거니 뒤서거니 내달리다가도, 그 부름에 우리는 저마다 집 쪽으로 고개를 돌리곤 했다. 노는 일밖에 하지 않는데 하루해는 어찌나 짧던지 아쉬움에 머뭇대며 돌아보면 멀리 연기가 피어오르는 굴뚝 위로도, 한 번도 그 너머까지 가본 적 없는 산꼭대기 위로도 붉디붉은 노을이 내리고 있었다. 그 때문에 쉬이 걸음이 떼지지 않았다. 가만히 바라보고 있으면 노을은 누군가 들판에 물감통을 엎지른 것처럼 번져갔다. 이내 마을은 어둠에 잠기게 될 터였다. 흙 묻은 손을 털고 일어난 우리는, 낮 동안 길어진 그림자를 어둠에 조금씩 지워가며 집으로 돌아왔다.

그래서일까. 다 자라서도, 다른 도시에 살게 되어서도, 여행을 가서 아주 낯선 땅에 머물고 있어도, 저물녘 노을을 바라볼 때면 꼭 어딘가로 돌아가야 할 듯한 기분이 든다. 못 마친 일이 있어도, 더 걷고 싶은 길이 남아 있어도 이젠 그만 마음에서 내려놓고 타박타박 집으로 돌아가야 할 시간. 그럴 때면 마음 한 편이 다행스럽기도 하다. 지는 해 위로 더 이상 이름을 길게 불러주는 이 없지만, 노을만은 여전히 고단한 하루 위로 저녁 인사처럼 내린다는 사실이.

▎먼 여행, 낯선 곳의 노을

몇 해 전, 세계 3대 석양으로 유명한 휴양지에 엄마 아빠와 여행을 떠난 적 있다. 1년 중 한여름 한 달을 제외하고는 내내 농사일에만 매달리는 부모와 휴가로 허락된 보름을 열두 달 동안 쪼개 써야 하는 내가 시간을 맞추기란 좀처럼 쉽지 않았다. 언제 또 이렇게 셋이서 떠날 수 있을까 하는 마음이 어렵사리 비행기표를 끊게 만들었다. 딸자식은 그동안 어떻게든 가고 싶은 곳에 다녀오곤 했으면서, 부모에겐 여태 세상의 다른 한편을 보여주지 못하고 살았다는 죄책감도 한몫했다. 한평생 시골에서 농사만 짓고 살아온 부모에게는 난생 처음 나라 밖으로 떠나는 여행이기도 했다.

여행은 공항에 도착한 순간부터 쉽지 않았다. 모든 게 낯선 부모와 무언가 잘못될까 신경이 곤두선 나는 번번이 부딪쳤다. 처음 와보는 이국의 휴양지에서 엄마 아빠는 어색한 얼굴로 앉아 있었다. 어딘가 주눅 든 엄마가 사소한 실수를 할 때마다 타박하는 아빠도, 내 눈치를 보며 즐겁지 않아도 애써 즐거운 척 하는 엄마도, 여행지의 음식 중 입맛에 맞는 것이 없어 두 사람 모두 고역을 치르는 것도 마음을 불편하게만 했다.

고된 농사일에 뭉친 근육을 풀어주려고 예약을 잡아둔 마사지 숍에서도 두 사람은 좀처럼 몸의 긴장을 풀지 못했다. 낯선 나라의 낯선 냄새, 낯선 손길 속에 잔뜩 굳은 몸을 하고 있었을 것이다. 그 때문이었을까. 두 시간에 걸친 마사지를 받은 이튿날, 엄마의 왼쪽 발은 검푸른 멍이 올라온 채 퉁퉁 부어 있었다.

서툰 마사지사에게 아프단 말도 못 했을 모습이 그려졌다. 속상할수록 말은 퉁명스럽게 나갔다. 그건 사실 떠나기 전 내가 그렸던 여행의 그림이 나오지 않는 모든 상황에, 공연히 짜증을 부리는 꼴이었다.

쉬려고 와서도 쉬는 법을 몰라 멀뚱히 앉아 있는 내 부모는, 나와 무엇이 달라 부모의 삶만을 살게 된 걸까. 나는 또 뭐가 달라 고마움도 모르고서 저 내키는 대로만 사는 자식의 삶을 살게 된 걸까. 멀리 가고 싶다는 마음이, 다르게 살고 싶다는 마음이 내 나이 때의 엄마 아빠에겐 정말 없었을까? 어쩌면 시간을 늦춰 태어났더라면…… 두 사람도 내가 그랬듯 아무렇지 않게 여행하는 삶을 살지 않았을까.

불가능한 가정을 할 때면 10년 전, 내가 오래 여행을 하고 오겠다 말했을 때 말없이 고개를 끄덕이던 눈빛들이 생각났다. 붙잡지 않으리란 건 알았지만 이전에 무얼 해보겠다고 말했을 때와도 다른 눈빛이었다. 너는 멀리 갈 줄 아는구나. 멀리 가려 하는구나. 돌아보지 말아라, 네 삶을 살아라. 그때부터였다. 엄마가 내게 더 이상 어떤 밭일에도 손을 대지 못하게 한 것은. 내 부모가 바란 삶은 단지, 가장 자신들과 다른 무엇이었다. 뙤약볕과 흙투성이 옷, 고단한 육체노동으로부터 멀리 있는 삶. 빌딩숲 유리 안쪽의 안온한 삶, 볕을 보지 못해 하얘진 얼굴로 하루종일 모니터만 바라보느라 시력이 나빠지는 그런 삶…… 그걸 아는 듯 모르는 듯 여태 나 하고 싶은 것만 하며 살아왔다. 부모에겐 이제야, 10년이 지난 지금에야 마침내 그럴 시간이 생겼다는 듯 선심 쓰는 여행을 하면서.

마음 먹먹한 나날을 보내는 와중에도, 저녁마다 바다 위로 노을은 붉게 타올랐다. 남의 속도 모르고서. 이국에 온 여행자들에게 어떻게든 추억을 근사하게 남겨주어야 할 의무라도 진 듯이. 여행 동안 내가 한 살가운 말이라곤 "거기 좀 서봐" 정도가 전부였지만 카메라만 들면 엄마 아빠는 두 손을 꼭 잡고 환히 웃었다. 처음 와보는 휴양지의 바다, 본 적 없는 근사한 노을을 배경으로. 이 여행에서 마음 다칠 일은 아무것도 없었던 사람처럼, 아름다운 휴양지에서 더없이 행복한 한때를 보내는 사람들처럼.

어쩌면 그건 정말 매일의 노을 덕분이었을까? 온 바다를 물들이며 찾아오던, 우리의 허물마저 덮어주듯 조용히 내리던 노을. 사는 일은 늘 마음 같지 않고 곁에 있는 사람의 마음도 제대로 챙기지 못하고 살지만, 나란히 서서 노을을 바라볼 수 있는 하루라면 그것으로 되었다고. 내일도 다만 그럴 수 있는 하루를 보내라고. 어떤 날은 지는 노을이 그만 하면 되었다는 하루치의 위로 같기도 했다. 그 대답이 듣고 싶어 나는 매일 저녁 서쪽 하늘을 향해 고개를 들었는지도. 그 앞에 기어이 엄마 아빠를 세우고 그토록 많은 사진을 찍었는지도.

▌매일 저녁, 우리 곁의 노을

오늘의 노을은 우리가 처음 보는 노을이다. 그 얘기를 해준 건 제주의 어느 지하 공연장, 무대에 홀로 선 재즈 피아니스트였다. 이른 겨울이었고 아직 눈이 오기 전이었다. 그해 가을, 그는 단풍을 보며 이런 생각을 했다고 말해주었다. 지난해처럼, 또 지지난해처럼 단풍이 들고 낙엽이 지지만, 이 잎은 내가 '처음으로' 보는 잎이구나. 이번 봄에 새로 돋은 잎이니까 그럴 수밖에 없을 테지. 그렇게 치면 비도, 눈도 내가 처음 맞는 비, 처음 보는 눈, 그리고 동시에 마지막인 것들이겠구나.

다 알고 있다고 여긴 이야기를 특별하게 전하는 사람들이 있다. 그런 얘기를 마치고 그가 연주를 시작하자 앨범에 수록되어 있는, 내가 이미 몇 번쯤 반복해서 들었던 곡은 그날 처음 듣는 곡이 되었다. 모든 노래는 사실 무대 위에서 단 한 번뿐인 노래가 된다는 걸 모르지 않았는데도, 그날은 그 노래가 특별하게 들렸다. 객석의 어둠에 몸을 묻은 채로 오늘이 처음이었을 모든 순간들을 다시 한 번 생각했다. 이른 아침 친구가 공들여 내려주었던 커피, 어제와 또 다르게 반짝이던 함덕 해변의 물빛, 공연장으로 오는 동안 시내를 걸으며 올려다보았던 저녁 하늘⋯⋯.

하루를 살며 우리는 모르는 채로 그렇게 매번 처음이자 마지막일 수밖에 없는 순간들을 경험한다. 너무 당연해 자주 잊는 사실. 어떤 순간도 같지 않다. 그렇게 생각하면 노을 앞에서 걸음이 느려지는 이유를 알 것도 같다. 우리는 오늘의 노을을 만나, 잠시 바라보다가, 이내 오늘의 노을과 헤어지는 것이다. 어디에 있든 누구와 있든 매일의 노을은 그럴 수밖에 없다. 붉은 빛이 같은 붉은 빛일 수도 없고, 구름이, 바람이, 저녁달이, 그것을 바라보는 오늘의 내가 또 다르다. 우리가 보았던 또한 아직 보지 못한 모든 노을이 그럴 것이다.

저물녘의 하늘을 한번이라도 오래 바라본 적 있는 사람은 안다. 노을이 얼마나 시시각각 모습을 바꾸는지. 그리하여 가방을 뒤적여 카메라를 찾거나 옆에 선 이와 잠깐 몇 마디 나누는 사이 허무하게 사라져버리기도 한다는 걸. 하루를 아무리 바삐 가로지르는 사람이어도 노을이 질 때만은 걸음을 늦추어도 되는 이유가 거기 있지 않을까. 노을은 그런 식으로 삶의 속도를 늦추게 하고, 멈춰 서서 바라보게 한다. 지금 봐두지 않으면 사라져버릴 한 번뿐인 순간을.

그동안 노을 사진을 많이도 찍어두었다는 걸 깨달은 후로, 틈틈이 오늘의 노을을 찍고 있다. 노을일기쯤 될까. 퇴근이 늦어져서, 날이 흐려서, 그냥 잊어버려서 보지 못할 때도 있겠지만 그런 나날들 중에도 노을을 마주한 저녁이면 부러 기록을 해두어야지.

　그리고 한 해가 끝나갈 때, 올해 내가 본 노을의 목록을 추려
보고 싶다. 맞아, 여기 갔다가 이런 근사한 노을을 보았었는데.
이건 누구랑 함께 있을 때였지, 하고 떠올릴 수 있다면 노을을
볼 때 한 번, 기억할 때 한 번, 두 번 행복할 수 있을 것이다.

봄의 나무 아래를 지날 때

우리가 매년 봄으로부터 무언가를 배운다면, 그건 봄이 지나간다 는 사실. 그러니까 지금 봐두어야 할 꽃을 보고, 만나고 싶은 사람 을 만나고, 지금이 아니면 갈 수 없는 장소에 가서 지금이 아니면 마실 수 없는 술을 마시라는 것.

▍이런 날엔 우리, 어디로든 가자

지난해 남양주 어디쯤을 걷다가 작은 슈퍼 앞에 한강 쪽을 향해 놓인 평상을 발견한 친구와 나는 그해가 다 가도록 종종 그 얘기를 했다.

"우리 거기 가야 하는데."

"거기 언제 갈까?"

그런 식으로. 돌아보면 같이 기억하는, 언젠가 같이 가고 싶은 장소를 두고 내내 그런 이야기를 하는 게 좋았던 것 같다.

아무튼 발견했을 때만 해도 겨울이라 추워서 밖에 앉을 생각을 못했는데, 봄이 오니 자연스레 그곳이 다시 떠올랐다. 날씨가 너무 좋아 집을 나서지 않을 수 없는 주말에, 우리는 중앙선을 타고 남양주에 갔다. 기억 속의 평상을 바로 찾아가도 좋았겠지만, 맛있는 맥주를 마시기 위해 일단 근처 운길산에 가볍게 올라갔다 내려오기로 했다. 갈증으로 목이 바짝바짝 마를 때쯤 나무 그늘 아래 앉아 시원한 맥주를 마셔야지, 그런 요량으로.

아침을 거르고 온 탓에 먼저 산 입구에서 판판한 바윗돌 위에 앉아 김밥을 나눠 먹었다. 시답잖은 이야기를 하며 앉아 있다 문득 고개를 들었는데, 끝난 줄로만 알았던 봄꽃들과 이제 막 잎을 돋우는 나무들의 연둣빛이 아롱져서 온 산이 환했다. 그 모습을 가만히 보고 있는데 마음이 다 환해지는 기분이었다. 봄 나무에 맺힌 연둣빛이 그토록 곱다는 걸 처음으로 알게 된 순간이었다. 그동안 숱하게 많은 봄을 지나면서도 어째서 한 번도 깨닫지 못했을까. 시간이 지나야만 비로소 알아보게 되는 풍경이라는 게 있다는 듯이.

그 후로도 우리는 김밥을 입에 넣다 말고, 무슨 말인가를 더 하려다 말고 몇 번이나 와…… 하며 멈추곤 했다. 가지 끝마다 새순은 은은히 빛나고, 공기에선 희미하고 달큰한 꽃 냄새가 났다. 먼 산의 나무들을 하나하나 세어보는 기분으로 오래 앉아 있었는데, 그럴 만큼 그 순간이 좋았다. 이걸로 된 것 같은데 그만 돌아갈까? 자리를 털고 일어날 때 그런 농담이 나올 만큼.

그랬으니 그 하루 동안 우리가 얼마나 더 와, 와, 하고 다녔는 지는 말할 필요가 없겠다. 산을 오르면서, 또 내려오면서, 마침 내 평상에 앉아 맥주를 마시며 봄의 한강을 내다볼 때까지. 연 둣빛 나무에 마음을 빼앗기느라 바빴다.

봄의 숲에는 무어라 말할 수 없는 공기가 있었다. 겨울의 단단한 침묵이나 여름의 무성함 속에는 살지 않는 무엇. 아, 너무 좋다. 어느 나무 아래선가 나는 그런 말을 했는데, 소리 내어 말하는 순간 봄이 더 좋아졌다. 어떤 마음은 그렇게 말로 표현한 뒤에야 더 분명해지기도 하나 보다.

▍이토록 쉬운 기분을 가진 사람

그리하여 봄을 지나는 내내, 나는 누구와 걷든 자꾸 같은 말을 하는 사람이 되고 말았다.

"저 나무 좀 봐!"

겨울엔 출근길 추위를 피해 회사에서 가장 가까운 정류장에 내리곤 했는데, 봄이 오면서부터는 한두 정거장 전에 내려 걷기 시작했다. 종묘 돌담길은 회사까지 조금 돌아가는 길이었지만, 담장 너머에서 자라는 커다란 나무들을 올려다보며 걷는 일이 좋았다. 3월 중순까지만 해도 겨울나무와 다를 바 없었던 가지들에 어느 아침부턴가 연둣빛이 희미하게 어른거렸다. 그러고부터는 매일이 달랐다. 가지마다 수채화 붓끝으로 찍어놓은 듯한 연둣빛이 매일 아침 더 짙어졌다. 겨우내 나는 저 나무들이 마치 없는 것처럼 이 길을 지났었는데, 봄이 오자 거기 나무가 있다는 사실이 너무나 생생하게 보이고 또 느껴졌다.

매일 조금씩 변해가는 나무를 바라보는 건 봄을 지나는 즐거움 중 하나였다. 피곤하게 집을 나섰던 아침에도, 안 좋은 일이 있어 기분이 가라앉았던 아침에도, 버스에서 내려 돌담길로 접어들었을 때 하늘이 파랗고 공기가 맑고 나무가 연둣빛이면 기분이 좋아졌다. 그것 참 쉬운 기분이로군, 하고 생각했다. 나는 그냥 이런 것을 보면 되는 사람이구나. 좋아하는 풍경 아래를 걷는 것만으로 기분이 금세 나아지는 사람. 그렇다면 사는 일도 그리 어려울 게 없을 것 같았다.

이러다 금세 초록이 무성해지겠지. 계절의 속도를 아쉬워하며 걸을 때면 좋은 건 다 너무 짧게 지나간다는 생각도 들었다. 그래서 이번 봄이 가는 동안, 나의 다짐이란 이런 것이었다. 나는 이토록 쉬운 기분을 가진 사람이니까 그렇다면 스스로에게 쉽게 좋아질 순간들을 자꾸 만들어주어야지. 일상을 지나다 나도 모르게 '아 좋다'라고 내뱉은 순간들을 기억해둔다. 그런 순간이 우연히 다시 찾아오길 기다리는 대신, 시간을 내어 먼저 그런 순간으로 간다. 좋아서 하고 싶다고, 가고 싶다고 마음먹은 일들도 막상 구체적인 계획을 세워두지 않으면 흩어지기 쉬웠다. 올해는 그렇게 마음이 흩어지도록 두고 싶지 않았다.

봄의 나무 아래를 걷는 순간을 좋아한다면, 그저 스스로 시간을 내어 좀 더 자주 걸으면 되는 일이었다.

▌지금이 아니면 1년을 기다려야 하는 풍경

그런 다짐 끝에 쉬운 기분을 가진 나를 데리고 다닌 곳은 궁이었다. 회사 근처에서 봄 나무들을 가장 먼저 만날 수 있는 곳. 3년 전, 첫 출근을 할 때만 해도 건널목만 건너면 창경궁과 창덕궁이 있다는 사실에 반가워했지만, 막상 일을 시작한 뒤론 1년에 몇 번 들르기가 힘들었다. 좋아하는 일엔 뭐든 일부러 시간을 내야겠다고 마음먹은 후였던 터라, 맑은 날이면 종종 점심을 거르고 창경궁을 산책했다. 4월 중순쯤이었던가. 창경궁 입구 근처 매화나무에는 이미 꽃이 몇 송이 남아 있지 않았다. 언제 이렇게 봄이 깊어진 걸까.

올해 봄 날씨는 유독 종잡을 수 없었다. 갑자기 기온이 20도 가까이 치솟기도 했고, 사상 최악의 미세먼지가 밀려오는가 하면 어느 주말엔 또 기온이 뚝 떨어져 한겨울처럼 비바람이 몰아치기도 했다. 그러다 보니 나와 한 약속을 잊지 않으려고 다이어리에 '창경궁 산책'이라고 큼지막하게 적어두어봤자, 볕이 좋은 날, 미세먼지가 없는 날, 그러면서도 회사 일이 몰리지 않은 날을 골라 산책을 나오기가 힘들었다.

다행히 호숫가 옆 벚나무에는 지지 않은 꽃들이 남아 있었다. 수면 위로 가지를 늘어뜨린 수양벚나무 앞에서 사람들이 기념사진을 찍고 있었다. 호수 반대편 정원에는 바람이 불 때마다 꽃잎을 하염없이 공기 중에 날려 보내는 벚나무도 있었다. 눈송이처럼 날리는 꽃잎을 보며 지나던 사람들이 탄성을 내질렀다. 너도나도 주머니에서 스마트폰 카메라를 꺼내드는 모습을 보니, 모두가 겨울 내내 이 순간만을 기다려온 사람들 같았다. 그 모습을 물끄러미 바라보며 서 있다가 문득 생각했다.

아, 이때를 놓치면 1년을 기다려야 만날 수 있는 풍경이구나.

내가 아무리 일부러 시간을 낸다고 해도, 마음을 굳게 먹는다 해도, 기다려주지 않는 '때'라는 것이 있었다. 이르게 피었다 지는 매화의 시간, 벚꽃이 피어 있는 봄의 단 일주일, 연둣빛 새순이 짙어지기 전의 보름 같은 것……. 그래서 나는 그토록 자주 봄의 나무를 올려다보았던 게 아닐까? 이내 사라져버릴 연둣빛을 조금이라도 더 지켜보고 싶어서.

> 인생은 즐기기 위해 있는 것이고, 상대가 남자든 여자든 보고 싶을 때 봐야 하고, 그때가 아니면 갈 수 없는 장소, 그때가 아니면 볼 수 없는 것, 마실 수 없는 술, 일어나지 않는 일이란 게 있다.
>
> —에쿠니 가오리, 『맨드라미의 빨강 버드나무의 초록』 중에서,
> 『맨드라미의 빨강 버드나무의 초록』, 신유희 옮김, 소담출판사, 2008

무언지도 모르면서 적어두었던 이 말을 이제는 알 것 같다. 우리가 매년 봄으로부터 무언가를 배운다면, 그건 봄이 지나간다는 사실. 그러니까 지금 봐두어야 할 꽃을 보고, 만나고 싶은

사람을 만나고, 지금이 아니면 갈 수 없는 장소에 가서 지금이
아니면 마실 수 없는 술을 마시라는 것. 나중 같은 것은 생각 말
고. 우리가 즐길 수 있는 것은 다음 봄이 아니라, 지금 우리와 함
께 있는 이번 봄뿐이기 때문이다.

Collect moments not things

이 문장을 맞닥뜨린 건 어느 새벽녘이었다. 잠이 오지 않는 밤이었고, 스마트폰으로 웹상에 떠돌아다니는 낯선 나라의 풍경들 사이를 흘러 다니고 있을 때였다. 짙푸른 숲의 이미지 위로 떠오른 저 문장을, 밤길을 걷다 불빛을 발견한 사람처럼 오래 들여다보았던 기억이 난다.

언뜻 평범한 말 같으면서도, 동시에 한 번도 들어본 적 없는 말 같기도 했다. 다르게 말하면 자주 사진을 찍고 메모를 하고 일기를 쓰는 내가 순간을 수집해오지 않았다고 말할 수 없는데도, 실은 한 번도 그래본 적 없다는 생각이 드는 문장이었다. 내 방식대로 순간을 수집하고 싶어진 건 그래서였다.

'그 사람이 좋아하는 것을 보면 그 사람을 알 수 있다'고 말할 때, 우리는 그게 곧 물건이라고 생각한다. 좋아하는 것을 수집하고, 생활의 공간 가까이에 두고, 그것을 가꾸거나 돌보며 살아가는 일, 그게 한 사람을 말해준다고. 그런데 곰곰이 생각해보면 우리 삶을 실제로 이루고 있는 것은 물건이 아니라, 무수한 순간들이다. 닳거나 잃거나 사라져버릴 물건이 아닌 지금도 내게 찾아오고, 기억 속에서 자꾸 새로워지는 순간들.

어느 고요한 밤, 지나온 시간을 돌아볼 때면 그것은 더 분명해진다. 그때 함께 있던 이도, 즐겨 찾았던 곳도 지금은 사라지고 없지만 그 순간만은 여전히 내게 남아 있다. 어쩌면 저 문장은 그것을 알려주려고 먼 곳을 돌아 내게 도착한 것인지도 모르겠다. 우리가 모을 수 있는 유일한 것은, 순간뿐이라는 것.

물론 삶은 즐거운 일들로만 채워져 있지 않다. 기억하고 싶은 순간들만 있는 것도 아니다. 행복에 대해 오래 생각할수록 그것은 멀리 있는 것처럼 여겨진다. 내가 모르는 어딘가에. 찾지 못할 곳에. 마음 한편에 늘 남아 있는 후회와 하지 못한 말들, 그동안 저지른 숱한 실수들, 아직 원하는 삶을 살지 못하고 있다는 우울 같은 것들……. 내 마음을 주로 채우는 것은 그런 것들이었다.

그럴 때 내가 모은 이 순간들은 조용히 말을 걸어왔다. 그 모든 것에도 불구하고 나는 이런 순간들을 지나왔으며, 지금도 지나고 있다고. 그러니 다른 생각 말고 지금 눈앞의 순간을 바라보라고.

어쩌면 그만큼이 필요한 전부일지도 모르겠다. 내가 좋아하는 순간들을 하나둘 늘려가고, 반대로 나를 지치고 시들게 하는 순간을 조금씩 줄여가는 것. 나를 위해 그만큼만 할 수 있어도, 매일이 그만큼씩 다행스럽지 않을까.

글을 쓴다는 것은 나와 닮은 누군가에게 말을 거는 일이라는 말을 믿는다. 내가 모은 이런 사소한 순간들에 누군가 자신이 보낸 시간을 겹쳐보고 희미하게 웃거나, 일상을 좀 더 천천히 건너고 싶어진다면 그것으로 좋겠다. 그 누군가가 지금도 후회와 걱정에 마음 쓰며 사는 일을 견뎌내고만 있다면, 지친 손목을 잡고 이 순간들로 건너가고 싶다.

여긴 왜? 아무것도 없잖아 하면,
나란히 앉아 물끄러미 지금을 바라보고 싶다.
지금이 있다고. 좋은 순간은 지금도 흐른다고.

내가 살 수 있는 유일한 순간인, 지금을 사는 일.
더 잘 기억하기 위해, 더 잘 머무는 일.
지금의 내게는 그것이 잘 사는 일이다.

2018년 12월

김신지

사실, 제일 좋아하는 수집은 따로 있습니다

이 세계의 다정함이 말을 거는 순간

Collect moments not things _____

좋아하는 걸 좋아하는 게 취미

초판 1쇄 발행 2018년 12월 12일 **초판 11쇄 발행** 2024년 8월 15일

지은이 김신지
펴낸이 최순영

출판1 본부장 한수미
와이즈 팀장 장보라
디자인 김수명

펴낸곳 ㈜위즈덤하우스 **출판등록** 2000년 5월 23일 제13-1071호
주소 서울특별시 마포구 양화로 19 합정오피스빌딩 17층
전화 02) 2179-5600 **홈페이지** www.wisdomhouse.co.kr

ⓒ 김신지, 2018

ISBN 979-11-965418-0-4 03810